吃麻雀的少女

朱一叶 —— 著

北京出版集团公司
北京十月文艺出版社

新经典文化股份有限公司
www.readinglife.com
出 品

目录

1　海风吹过秃顶

25　吃麻雀的少女

111　肉丸和电梯

125　爱好倒垃圾的人

147　因为你一直在做梦

163　　　游泳圈

　　　　　　　　时间被轻松地打发了　　　177

199　　　亲爱的，你不知道我是哪种人

　　　　　　　　猫应该不会说话吧　　　219

海风吹过秃顶

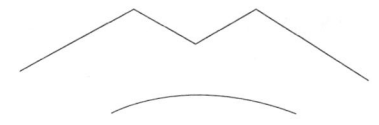

风从灵堂的窗户吹进来的时候,刘老师失聪了片刻。他分明看见照片中弟弟稀疏的头发被风吹起,露出了光秃秃的头顶,有点滑稽。刘老师熟练地竖起四根手指,像把粗糙的梳子,将自己那几绺被风吹起的头发推回原位。照片中的弟弟又恢复了敦厚老实的模样,甚至有点无辜、委屈,微微张开的嘴唇带着疑惑,刘老师叹了口气,他没法回答弟弟的问题,他甚至没法控制耳朵的阀门被重新打开,弟媳妇的号啕大哭很快灌进他的脑袋,淹没他的大脑,他感觉自己的脑子被浸泡在高浓度的盐水里,正在迅速萎缩。

"你傻站着干吗?还不快去帮忙?"杨老师推了刘老师一把,

差点把他推倒在地上。

刘老师踉跄了几步,听见自己的脑袋发出咣当咣当的水声,他不愿向任何人透露刚才看到的那一幕,特别是杨老师,一个满脑子公式、定理、推论、证明、函数、方程和数列的人。即使杨老师还没有向他展示那副讥讽的表情,他已经开始在脑袋里慌忙解释:自己不过是由于悲痛过度而产生幻觉罢了。

整个追悼仪式包括之后的宴席,杨老师都是忙里忙外,仿佛一家之主,她的后脖颈笔直,粗大的马尾在空中扫来扫去,像是在写什么风格硬朗的毛笔字。而整个刘氏家族垂头丧气,特别是刘老师,作为老刘家目前最年长的人,却失魂落魄,总是恰巧站在挡道的位置,还认错了好几个前来打招呼的人,吃饭的时候举着筷子一直犹犹豫豫,最后也没有夹起任何食物。

宴席结束,只有几个喝醉的人道出了真相,他们排着队轮番抱住刘老师,将散发着酒气的眼泪蹭到了刘老师的衣领上。"老刘,一路走好!""兄弟你先去那边打前站!""想当年枪林弹雨也没有放倒你啊老刘!"刘老师不断向后退着,可是仍然没有摆脱掉他弟弟这几位悲伤的战友,只有在醉眼蒙眬中,刘老师才现了原形,仿若他弟弟的游魂,徘徊在自己的葬礼上。

再也没有人能比刘老师更理解"没有人是一座孤岛,可以自全……不要问丧钟为谁而鸣,它就为你敲响"这首诗的含义了。这并不仅仅因为他是一个已经退了休的语文老师,就他所知,目前他们刘氏家族还没有谁能活到六十五岁,他爸爸那边兄弟姐妹一共五人,排着队一个个死掉了,就连他妈妈,一个压根儿不姓刘的人,也只活了六十二年,而他这一辈,四个亲兄弟,老大和老二前些年排着队死掉了,眼看着就要排到老刘了,结果老四,他的弟弟插了个队,先死了。

"这癌症就是写进你们家基因里了!就像是一个定时炸弹!"杨老师一边开车一边铿锵有力地说着,"你们老刘家的人,交了一辈子养老保险,真是一点都不划算!"

坐在后排的儿子满脸愁容,来回咬着嘴唇,那副样子就像在盘算自己还剩多少年。

刘老师心情十分复杂,他的手心滑腻,在大腿上蹭来蹭去,他不知道是不是因为他和老四长得太像了导致死神认错了人,还是这位新上任的死神宽宏大量,不按常理出牌,放了他——一个人民教师一马。刘老师急需讨好这位死神,或者其他什么神,他对杨老师说:"一会儿到城隍庙停一下车。"

"你要干吗?"杨老师开车的时候有个好习惯,就算说话也目视前方。

"你不知道参加完葬礼要去寺庙去去晦气吗?"刘老师也目视前方,只有不看着杨老师的脸,才让他有勇气说出这句不科学的话。

"我刚才不是说过了嘛,你们家的晦气是写在基因里的,去不掉。"杨老师总是有本事让自己像一个置身事外的人,一个客观的人、理智的人、科学的人,一个知识分子,这副姿态总是让刘老师自惭形秽。甚至在杨老师心里,语文老师根本称不上什么老师,只有数理化才是真本事。

"那我呢?"他们的儿子在嘴唇被咬破了之后终于开口了。

"如果你爸爸也很快死于癌症,你就有一定的概率。"杨老师想起这个继承了他俩所有缺点的儿子,不但数理化一塌糊涂,连语文也学不好,一个彻头彻尾的失败者,没车没房,没老婆没孩子,连份稳定的工作也没有。她一想到这儿就来气,决定吓唬吓唬他:"可能有一半的概率吧。"

"癌症很快就攻克了,等明明到了我这个年纪,癌症就像感冒一样,不再那么可怕了。"刘老师觉得杨老师说出这样的话对于孩子来说过于刻薄,虽然他们的孩子也已经胡子拉碴,三十多岁了。

"哼,哪有那么容易,净是些假新闻。"杨老师放慢了速度,左边的车道有一起交通事故,杨老师继续目不斜视地向前开去,"净是些不遵守交通规则的蠢货。"

刘老师眼看着城隍庙已经错过了。他参加了这么多次葬礼,就算是耳濡目染,也知道一些习俗,虽然之前从未在意,可是今天,他真的需要去去晦气,不能直接回家,毕竟今天本来应该是他的葬礼的。刘老师加快了两只手在大腿上来回搓动的速度,几乎用恳求的语气说:"一会儿商场停一下,咱们去买点东西。"

"这就叫作物竞天择,携带这种基因的人就要被淘汰。"杨老师知道刘老师什么意思,竟然想要求助于迷信,真是一个可怜的胆小鬼。

"我自愿停止向下传递这种有缺陷的基因。"明明等到了一个千载难逢的好机会,他几乎还没有鼓足勇气,这句话就自己跑出来了。

"你这是什么意思,你妈不是说了吗,如果我也死于我们家族的癌症,你才有一定概率吗,又不是百分百的事,而且癌症很快就会攻克了,做人要乐观。"刘老师停止了手上的动作,扭过头看着明明。

"哼,你没听出他什么意思吗?同性恋是吧,我早就猜到了。那个什么李平,去年和你回来过年的那个男孩,是你对象是吗?"杨老师因为红灯而停了下来,可是仍然目视前方。

"我们早就分了。"明明幻想了无数次告诉爸妈之后会出现的情形,可是他发现自己之前想太多了,毕竟他爸妈可不是什么普通的爸妈。

"哼，你们老刘家基因真可以，又是癌症又是同性恋。"

"你家才同性恋！"

"好好，我同性恋，那你是什么，你是女的吗？怪不得整天阴阳怪气的，还会打毛衣。"

"我……"刘老师憋了半天也没想出来什么有力的回击，两只手握成了拳头捶打自己的大腿。

"好了好了，你们都不是，我是行了吧！"明明也急了，他虽然没指望他爸妈一下子接受这件事，但是也没料到会出现这样的对话。

杨老师过了红绿灯，径直开向商场地下停车库，一家子眼睛都没适应过来，汽车一路大下坡冲进一团黑暗里。

在商场负一楼的超市，杨老师推着车，刘老师和明明跟在后边，就像两个不尽职的保镖，刘老师的两只小眼睛，躲在玻璃瓶底一样厚的镜片后面四处张望。而明明摇晃着肩膀，走起路来吊儿郎当，一会儿把手插进大米，一会儿又捏碎一包方便面。只有杨老师戴上老花镜，专心比对产品的生产日期、价格、克重，很快算出最优方案。刘老师时不时跺跺脚，仿佛晦气就是粘在他肩膀上的一层浮尘，好将它们抖落。

"老刘，你也来了。"迎面过来一个以前的邻居，也是刘老师弟弟的小学同学,刚才还在弟弟的葬礼上见过面。

"啊,是啊,买点东西。"刘老师又附加了一句,"正好顺路。"

杨老师在一旁哼了一声。

"那行,老刘你们三口慢慢逛,我先走了。咱们回头联系。"

"好好,今天谢谢你了,抽空来参加我弟弟的葬礼。"

"哪门子的话,应该的应该的。"

刘老师环顾这硕大的商场,在拥挤的人群中,他不禁思考,到底有多少人是参加完葬礼,不敢直接回家,跑来去除晦气的。毕竟这座城市,每天都要死掉一二百人,那么这商场里一定充满了从各个葬礼现场带来的晦气,叠加在一起,岂不是比单个葬礼的晦气还要大?想到这儿,刘老师开始催促杨老师:"可以了,咱们回家吧。"

杨老师压根儿不为所动,认真地对比着几棵大白菜,挑选最好的一棵,还不忘去掉最外边的一层菜叶子,全然不顾上边挂着个牌子,写着:文明买菜,不许扒皮。

还没等刘老师回过神来,和明明进行一次促膝而谈,一次男人和男人之间的对话,明明就买好车票溜回北京了。"也许下次回来就是参加爸爸的葬礼了",刘老师在和明明告别的时候,这句话几次都差点推开嘴唇。可是最终,男人和男人之间的沉默笼罩着他俩,刘老师看着这个比自己高一头的男人的背影,鼻子一酸,眼眶湿热,玻璃瓶底缩小了他的表情,令人难以察觉。

而杨老师用她自己的方式来消化这件事。白天,她更富激情地投入到她的工作中——阳光小区业主委员会主席,监督保安,监督园丁,监督保洁。她戴着一副白手套,拂过扶梯把手、电梯门、窗玻璃,一一检查到位。她在业主微信群里收集意见,及时反馈给物业公司,并监督他们解决问题。她也擅长解决业主和业主之间的矛盾,比如说谁家厕所漏水了却赖着不修,或者谁家小孩儿总是后半夜在木地板上玩弹球,再比如哪位业主遛狗拉屎从不捡走,只要杨老师一出马,大家总是心服口服。

杨老师在小区昂首挺胸,走路带风,从刚会说话的小孩到快说不出话的老头,都乐意和她打招呼,她会回馈给大家一个标准而专业的笑容,和你拉近距离的同时又和你保持距离,就像广告中卖奶粉的女性一样亲切,令人信赖,却又永远无法真正结识。如果说这个小区是一个氏族部落的话,那么一定是一个母系社会,因为杨老师是当之无愧的酋长。在杨老师从学校退休之后,成为业主委员会主席的这几年时间里,小区越来越干净漂亮、邻里和谐、鸟语花香,她的这种笑容宗教般传递给了每一位业主。如果你在夏日傍晚,在阳光小区里走上一趟,除了闻见刚刚割过的草坪散发出的清香,听见草坪喷水器有节奏的呲水声,还会看到无数个这样的笑脸,在落日的余晖中被镶上金边,让你有一种错觉,好像走进了什么虚假的、展现美好生活的楼盘广告中。据说这两年由于阳光小区良好的口碑,房价都比周围的小区贵上好几百了。

到了晚上,杨老师立刻卸掉那标准而专业的笑容,变身为同性恋研究专家。她戴上眼镜,挺直腰板,端坐在电脑前边,屏幕的冷光打在她的脸上,让她那张棱角分明的脸更加严肃起来,她时不时地拿起笔,在本子上做下一些笔记。她的床头柜上摆满了在网上买来的有关同性恋的书籍,《同性恋亚文化》《同性恋在中国》《性别心理学》等等,甚至还有几本同性恋题材的经典小说。杨老师还找到了大量有关同性恋的电影,有时候她会抱着笔记本电脑在床上观看,就算是性爱镜头也不能让杨老师的脸上产生任何波澜。刘老师害怕这些电影,他摘掉眼镜,把头扭向另一边,每次听到可疑的声音,刘老师都说能不能小声点,可是杨老师压根儿不会理睬,眉头紧锁,聚精会神,就像是在看什么科普教学影片,更像是正在思考一道数学难题。

在对同性恋进行了一段认真而详细的研究之后,杨老师进入了下一阶段,她很快就会向医学界进军,成为一个艾滋病专家。

在杨老师搞研究的这段时间里,刘老师也收获不小,他收集了四十八个大大小小的纸箱,将它们拆开,踩扁,叠成整齐的一摞,刘老师估摸着大概能卖二十来块钱。他还捡到一袋不知道谁家扔掉的水晶吊灯上拆下来的透明珠子，两个圆形的橘黄色塑料灯罩，几根竹竿，一个养乌龟用的透明盒子，一盆还没有死透的虎皮兰，一个脏兮兮的彩色风车，还有不计其数的小玩意儿，纽扣，别针，一角硬币，廉价的耳环。

刘老师退休之后，特别是在大哥和二哥相继去世之后，他就一直屏气凝神地等待死神向他伸出手，邀请他进入什么黑暗而拥挤的地方，那儿有他的一个大家族。杨老师并没有开始照顾刘老师，可是刘老师已经觉得亏欠了她，杨老师自己也是这么觉得。在他俩关于未来的幻想中，杨老师永远是一个道德模范，对癌症病人悉心照料，不离不弃。而刘老师永远是一个垂死之人，歪在轮椅上，头上只剩下零星几根白毛，眼窝深陷，柔软苍白的皮肤将他包装为一个刚刚被捕获和控制的僵尸一般，恐怖而不可理喻，一种有别于人类的可怕生物，一个活死人，就像是他家族里每一个短命鬼最后的模样。

在这样的状态下，刘老师干什么事情都有点心不在焉，得过且过。除了一件事——捡东西，即使是那些在他人眼中没有用的垃圾，也值得刘老师长久地凝视，并且将它们带回家。他的这项爱好很快就促成了杨老师一个新的爱好，那就是扔东西，对于一个精于计算的人来说，扔东西并不符合她的性格，杨老师这么干的唯一原因就是为了和刘老师对着干。对着干成为他们生活中唯一的波澜，如果对于情趣的理解足够广泛的话，这就是他们生活中唯一的情趣：刘老师捡东西，杨老师扔东西；刘老师一边捡，杨老师一边丢；刘老师这边捡回来，杨老师那边扔出去；刘老师说东西还没坏掉就被扔了，杨老师说没用的东西就要扔，无论坏了没有；刘老师说早晚有一天你会把我也给扔了，杨老师说把你扔了你也会再把自己给捡回来。可是最近，就像之前讲的，杨老师忙于她的工作和研究，竟然不能及时把刘老师捡回来的这些破烂丢得远远的，就连刘老师自己也觉得家里的阳台快要堆不下了。

刘老师呆坐在一堆破烂之间，听到房间的电脑里传来一阵阵男人粗重的喘息声，不远处的海港时不时飘来一阵腥臭味，他感觉到落寞。他尝试着用什么话来总结自己不长不短的一生，也许回头可以刻在墓碑上，毕竟在他的整个职业生涯中，都在试图总结文章的中心思想，并把这项技艺传授给一届又一届的学生。"一位优秀的人民教师"，刘老师最先想到了这句话，可是有点心虚，毕竟他当中学语文老师的这几十年里，大部分时间都处于恐惧之中，剩余的时间都在往杯子里呸呸呸地吐出茶叶碎，他的玻璃保温杯里挤满了茶叶，浓茶将他的牙齿染成棕色。在刘老师还处在唇红齿白的中学时代，他就每日战战兢兢，一个标准的被欺负的角色，一个瘦小懦弱的四眼儿。可是没想到自己长大之后还要再次跳进火坑,并且要在火坑里待上几十年。他害怕那些处于青春期的男孩,害怕他们身上散发出来的味道,害怕他们亢奋的眼神,甚至害怕他们脸上的粉刺和青春痘,他害怕他们知道自己害怕他们。可是每一届班上总是有那么几个荷尔蒙旺盛的男孩会觉察到这一切,他们总是伺机挑衅,就像几只流着哈喇子的土狗围着刘老师团团转。刘老师上课小心翼翼,避免眼神接触,很少提问,绝不拖堂,下课就走,由于他的独门绝技——念经一般的讲课风格,很多学生还没来得及捣乱,就被他成功催眠,刘老师因此平安地度过了自己的职业生涯,优秀压根儿谈不上,仅仅是一位在学生毕业之后,就不会再被想起的语文老师罢了,学生们唯一能想起来的,大概就是语文课堂上一个个流着口水、湿热而勃发的青春之梦。

"一个被遗忘的人民教师",刘老师觉得这个墓志铭总结得更加确切,也许这次连死神都遗忘了他,一想到这儿,刘老师竟然有点伤心,眼泪又开始在玻璃瓶底打转了。

虽然刘老师将捡破烂当成一种健康而环保的爱好,可是他既不准备向人们解释,也没有指望每一个人都可以理解和支持他。他秉承自己一贯的作风,低调行事,如果盯上了什么好东西,一定要等周围没人的时候才会去捡。在一个狂风大作的夜晚,刘老师的心被小区垃圾箱里几个品相完好的快递纸箱所牵动,他感觉不会有人在这样的夜晚出来散步了,于是快速来到垃圾桶旁,打开手电筒,伸头向里张望,然后伸出胳膊去够纸箱。可是大风将之前掀起的盖子吹了下来,恰巧扣在刘老师的头上,刘老师吓了一跳,正挣扎着想打开盖子的时候,一个中年妇女出现了,她掀开盖子,想看看谁把脑袋扔进了垃圾桶里。

"这不是刘老师吗,你在干吗?"

"我……我……我今天丢垃圾的时候好像把一个文件也丢了,我来找找。"

"找到了吗?"

"没找到。"

刘老师松开了捏着那个厚实小纸箱的手指,两手空空地回了家。

从此以后,刘老师就放弃了自己的小区,开始开拓更大的事业蓝图。他蹬着一辆嘎吱嘎吱作响的女士自行车,去过垃圾场、工地、河边、背巷、树林。为了有别于其他拾破烂的人,刘老师每次出门都打扮得利利索索,衬衫、西装外套、黑色皮鞋,车把上挂着他的玻璃保温杯和黑色公文包,一看就是一位迷了路的人民教师。可是如果你打开他的黑色公文包(里边装着几个塑料袋、一把剪刀、几根绳子,还有一双手套、一个口罩)可能就有了别的想法:一个变态连环杀手。

一个晴朗的下午，刘老师正骑着自行车四处转悠，海边的黑松林像是黑色的磁铁一般，吸引了他的注意力，从小到大听过无数的恐怖故事都发生在这里，好像这片古老的松林结出的果实就是恐怖本身。可是现在，阳光明媚，海风清爽，松林摇晃，沙沙作响，被死神遗忘的刘老师决定挑战自己。一路上喜鹊嘎嘎大叫，为刘老师壮胆，他用了差不多一个小时才骑出松林。刘老师的脑门结出了细密的汗珠，而松林结出的不过是些可爱的松球罢了，他已经收集了满满一塑料袋。

更令人震撼的景象出现在眼前，视线一下子开阔了起来，这里并不是什么平缓的沙滩，而是一个陡峭的悬崖，现在恰巧是退潮的时间。刘老师站在悬崖边上，低头看着大片大片黑色的礁石露出水面，上面长满了密密麻麻的灰色海蛎子，一看就是人迹罕至的地方，否则早就被撬光了，远处金光闪闪的大海风平浪静。靠近悬崖的地方是由白色石子组成的海滩，让上边散落的"垃圾"格外显眼。刘老师将自行车靠在一棵松树下，戴上手套，将绳子和塑料袋揣在兜里，他沿着旁边较平缓的地方慢慢向下移动，动作笨拙，好几次差点秃噜下去。但是海滩上的那些"破烂"值得他冒险，它们来自远方，可能来自对面的韩国、日本，也可能来自大洋彼岸的美国。

海滩上有一团绿色的渔网，几个白色的浮漂，几块漂流木，一只黑色的胶鞋，一些饮料瓶，一个生锈的船锚，一只泡沫塑料夹脚拖鞋，一个塑料娃娃的脑袋，一只眼睁着，一只眼闭着。海滩上飘荡着一股恶臭，刘老师顺着味道找去，除了几条死鱼，还看到了一只面目狰狞的死狗，由于被海水浸泡过，还被涨潮时的巨浪反复在礁石上拍打，尸体已经有些破碎了，有的地方露出了白骨，苍蝇像一阵黑色的旋风被刘老师惊起，又很快落了下去，海蟑螂从狗嘴里成群爬出来，像是来自远古时代的生物，海鸥盘旋在海滩上方，嗷嗷叫着。

刘老师继续向前走，地上散落着白骨，他很难辨别它们来自什么动物。海滩上大大小小的白色石头都被海浪打磨得圆润，洁白无瑕，如果时间足够长，这些白骨也会被海浪打磨成这样的小圆球吧。刘老师这么想着，蹲了下来，发现这些白石头中间，还混杂着海玻璃，它们同样潮湿而圆润，蓝色的、绿色的、棕色的、乳白色的，刘老师捡起来一个，对着太阳观看，晶莹剔透，就像是一滴大海的眼泪。就因为这样一个比喻，语文老师趴在地上贪婪地收集起大海五颜六色的泪水，像是某种义务，他全然不顾太阳晒得后背滚烫，也顾不得石头硌得膝盖生疼。袋子全部塞满之后，刘老师不得不站了起来，他感觉一阵头晕目眩，在大脑恢复正常之后，他朝海的方向走去。

刘老师感觉自己仿佛踏上了什么诡异的星球，每一块黑色的礁石都不值得信赖，它们滑腻、摇晃，由高密度的谎言组成。刘老师因此摔了好几跤，海蟑螂四处乱窜，黑色的皮鞋进了水，而锐利的海蛎子此刻成为帮凶，就算刘老师戴着白色的线手套，双手仍然被割开好几个口子，血水在被打湿的手套上洇开，又滴进海水里。小水坑里有无数海葵，像是长在礁石上的古怪花朵，它们摇晃着绿色的触手，在召唤着刘老师，而当刘老师靠近的时候又快速合起，缄口不言。在一块高耸的礁石上，刘老师发现了一顶黑色的鸭舌帽，上边绣着几个白色的英文字母，由于之前被海水浸泡过，现在被太阳晒干之后还留着白色的盐渍。除了这顶帽子，刘老师还捡到了八只橘红色的海星，它们在黑色的背景下格外刺眼。

当刘老师收获满满地回到悬崖下边，回望这片飘荡着恶臭的秘密海滩，作为一个语文老师，他人生第一次想要作诗，可是想了老半天，都没法找到一句话来形容这片邪恶而美丽的海滩，一个地狱和天堂的混合体，一个内部腐烂的纯洁少女。刘老师感觉自己无法自拔地爱上了她，他半张的嘴最终蹦出了一个字"啊"就没了下文。

邪恶少女的脸说变就变，潮水涨得很快，风也越来越大。作为一个海边长大的人，刘老师知道悬崖下方很快就会被海水淹没，如果他现在不走，恐怕就要被少女吃掉了，等再次退潮的时候，就会和那只野狗一样的下场。拎着几袋大海的眼泪往上爬可不是什么轻松事，它们似乎不太愿意离开这片海滩，刘老师慌乱得就像一个盗贼，几次差点掉进下边张牙舞爪的海浪里，他也顾不得自己被海风破坏的发型，将那顶鸭舌帽扣在头顶，当他再次回到自行车旁边的时候，自己狼狈的模样已经和其他拾破烂的人没什么差别了。刘老师打开挂在车把上的保温杯，咕嘟咕嘟地大口喝了起来，然后呸呸呸地往外吐茶叶碎，可是这些暗绿色的软烂茶叶碎，离开刘老师的口腔，还没落在地上就嗡嗡飞了起来，形成一群肥胖的苍蝇盘旋在他的头顶。

  刘老师六十五岁的生日很快到来，这是一个可怕的数字，一个被诅咒的数字，虽然刘老师觉得死神可能已经遗忘了他，可仍然要小心行事。在生日的这一天，他像小孩捉迷藏一样躲在被窝里不愿起床，连头都不想露出来，反正杨老师忙于自己的研究，也"遗忘了他"，就算他躲在大衣柜里、冰箱里、浴缸里、床底下好几天，想必也没人在意。

  生日刚一过去，刘老师就决定重新做人，他将那顶捡来的帽子扣在自己的秃顶上，又一个家族诅咒，老刘家的男人没有一个不早早谢顶的，这样，他就再也不用在每阵风后，竖起四根手指，把头发推到头顶上了，最后，他干脆剃掉了那几根欲盖弥彰的头发。刘老师感觉自己一戴上这顶鸭舌帽，就仿佛变成了其他什么人，帅气的老王、老李、老牛，总之不再是之前的那个老刘。他每天出门的时候，都先在地上动作凶猛地做上几个俯卧撑，看着自己的两块胸肌渐渐凸起，再加上自己的光头，就像是电影里的硬汉，可是那副高度近视眼镜让人有点出戏。于是刘老师扒拉起自己的收藏，很快就找到了以前捡到的一副墨镜夹片，把它夹在了近视镜上，大部分时间，刘老师都将它放下来。为了搭配上这副墨镜，刘老师又扒拉出来他儿子以前丢掉的T恤、球鞋、牛仔裤，将它们统统穿在身上，照镜子的时候，他简直不敢相信这就是自己，更不可思议的地方是他从头到脚都是别人不要的垃圾，他就知道这些东西早晚会派上用场的。刘老师骑着自行车就像骑着高头大马，他骑得飞快，让自行车嘎吱嘎吱的响声从垂头丧气变成斗志昂扬。

对于刘老师的变化，杨老师不为所动，刘老师早就知道杨老师高尚的情操不允许她成为一个只看外表的人，就像当年她嫁给他也一定是看上了他灵魂深处的什么东西，对于刘老师来说，这至今都是一个未解之谜。而刘老师看上杨老师最重要的一点是：她的粉笔头总是能像子弹一样打中那些作恶多端的男孩的脑门，这让他很有安全感。

一个周末的晚上，杨老师合上了电脑，她呆坐了一会儿，用手机给明明发了一条微信，内容是：不要滥交，每次戴套，使用润滑剂。杨老师的研究到此为止，这就是对于明明出的这道难题，她推算出的答案。明明收到这条微信的时候，正寂寞难耐，孤枕难眠，他知道杨老师用她自己的方式接受了这件事。他感觉胸口涌起一阵热流，鼻子发酸，眼眶湿润。他又把这条微信看了几遍，滥交、戴套、润滑剂这三个词让他的身体升腾起一阵情欲，他急于和什么人分享这件事，分享的冲动和情欲混杂在一起，让他的心里像爬满了蚂蚁。他打开了一个微信群，发了一条消息：今晚有没有人陪。

　　杨老师忙完自己的研究之后，终于又把注意力投向刘老师的那些破烂上了。她为了防止被刘老师阻拦，一大早就起床，开始在屋子里团团转，从各个角落收集刘老师带回来的垃圾，然后将它们塞进一个大袋子，拖到楼下。阳台的东西实在太多了，杨老师又着腰站在七八盆快死的植物中间，感觉工程浩大，需要好几天才能把这些东西丢完。

　　刘老师起床的时候，杨老师已经做好了早餐。刘老师感觉屋子整洁了不少，恢复了之前的秩序和平衡，阳光从纱帘照进来，照在他的光头上，令他感觉到一阵温暖和幸福。他抓起了杨老师的手，让她摸了一下自己滑溜溜的脑袋，杨老师抽回了自己的手，动作扭捏，这让高大的杨老师显得十分怪异，而刘老师熟知这种怪异，这种怪异会让杨老师变得虚弱、柔软、不堪一击，他顺势将她拉到了床上。

刘老师吃完早就凉掉了的早饭,却没找到自己的帽子,他忽然慌了神:"我的帽子呢?"

"扔了。"

"为什么扔了?"

"你文盲吗?没看见上边写的啥?"

"我不和你吵,也不和你生气,你告诉我扔哪儿了,我自己去找。"

"楼下。"

刘老师穿好衣服就出门了,临走的时候,他还回头对杨老师挤了挤眼睛,可惜他的墨镜滤掉了他的表情。他觉得自己刚才的表现像一个真正的男人,身高两米,八块腹肌。刘老师在楼下找了一圈也没找到,他认出了那一包垃圾,可是里边唯独没了那顶鸭舌帽。杨老师站在阳台向下看去,刘老师的光头反射着阳光,随着自行车越来越小,最后变成一个亮点,一颗白昼的流星。这是杨老师对于刘老师最后的记忆。

刘老师的失踪成为黑松林一个新的恐怖故事,在杨老师报警之后,警察们在靠近悬崖的一棵松树下发现了刘老师的自行车,车把上还挂着他的黑色公文包和保温杯。杨老师清楚地记得,刘老师最后一次出门根本没有带着这两样东西,可是她回家翻箱倒柜也没有找到，她甚至没有找到刘老师前一段时间存在过的证据，唯一能找到的就是更早的时候，他骑着自行车，带着公文包和保温杯离开小区的监控视频。现在杨老师说什么也没有用，反而会让她看起来像个因为老公失踪而疯掉的中年妇女，作为追求科学的杨老师，她现在需要理清思路，搜集证据。

明明和其他人一样不能理解，为什么他爸失踪了那么久他妈才报警，而杨老师做出的解释令明明害怕，他觉得自己应该留下来陪着杨老师。他打印了寻人启事，和杨老师一起贴遍大街小巷，一向低调行事的刘老师突然之间成了名人。故事开始在人群中发酵，有人说刘老师被海妖吃掉了，有人说刘老师自杀了，还有人说是杨老师杀了刘老师。

警察们的调查一直没有任何进展，虽然在海滩上找到的一些白骨确实是人类的，可是经过检测并不是刘老师的。杨老师把所有的精力都放在了寻找刘老师身上，人们再也没法在杨老师的脸上寻觅到那标准而专业的笑容。小区的草坪开始出现狗屎，邻居们因为一点小事大呼小叫，反目为仇，小孩点燃垃圾，业主们扯着横幅在大门口要求物业公司滚蛋，整个阳光小区洋溢着一股无政府主义的疯狂气味。

一个大雾弥漫的下午，杨老师和明明继续在这片他们已经熟悉的海滩上搜寻证据，明明踉踉跄跄地朝大海走去，在雾气中，他看到一个戴着鸭舌帽的脑袋,走近了才发现是一顶黑色的鸭舌帽挂在一块高耸的礁石上。

他大叫着:"这儿有个帽子。"

杨老师问:"上边写着 ghost 吗?"

明明惊讶地说:"你怎么知道?"

对于明明来说,事情变得更加扑朔迷离,就像眼前的浓雾,更像一张考试卷,他什么都答不上来,他甚至没机会知道刘老师到底有没有遗传到那可怕的短命基因。

现在这顶帽子就摆在杨老师书桌上,旁边堆满了刑侦类的书籍,还有一些推理小说。书桌后边的墙上贴着一些图片,整个区域的地图、自行车的照片、海滩的照片、松林的照片,最中间是一张刘老师的寻人启事。墙上画满了密密麻麻的线条,写满了文字,夹杂着英文字母,还有一些数学公式、函数图像和几何图形,从远处看就像是一团纠缠在一起的毛线。杨老师戴着眼镜,像一个侦探一般思考,像一个数学家一般推算,她觉得这是刘老师给她出的一道难题,她一定可以解答出来。风从窗户吹进来的时候,书页哗哗作响,照片中刘老师稀疏的头发被风吹起,露出了光秃秃的头顶,有点滑稽,可是杨老师并没有注意到这一点。

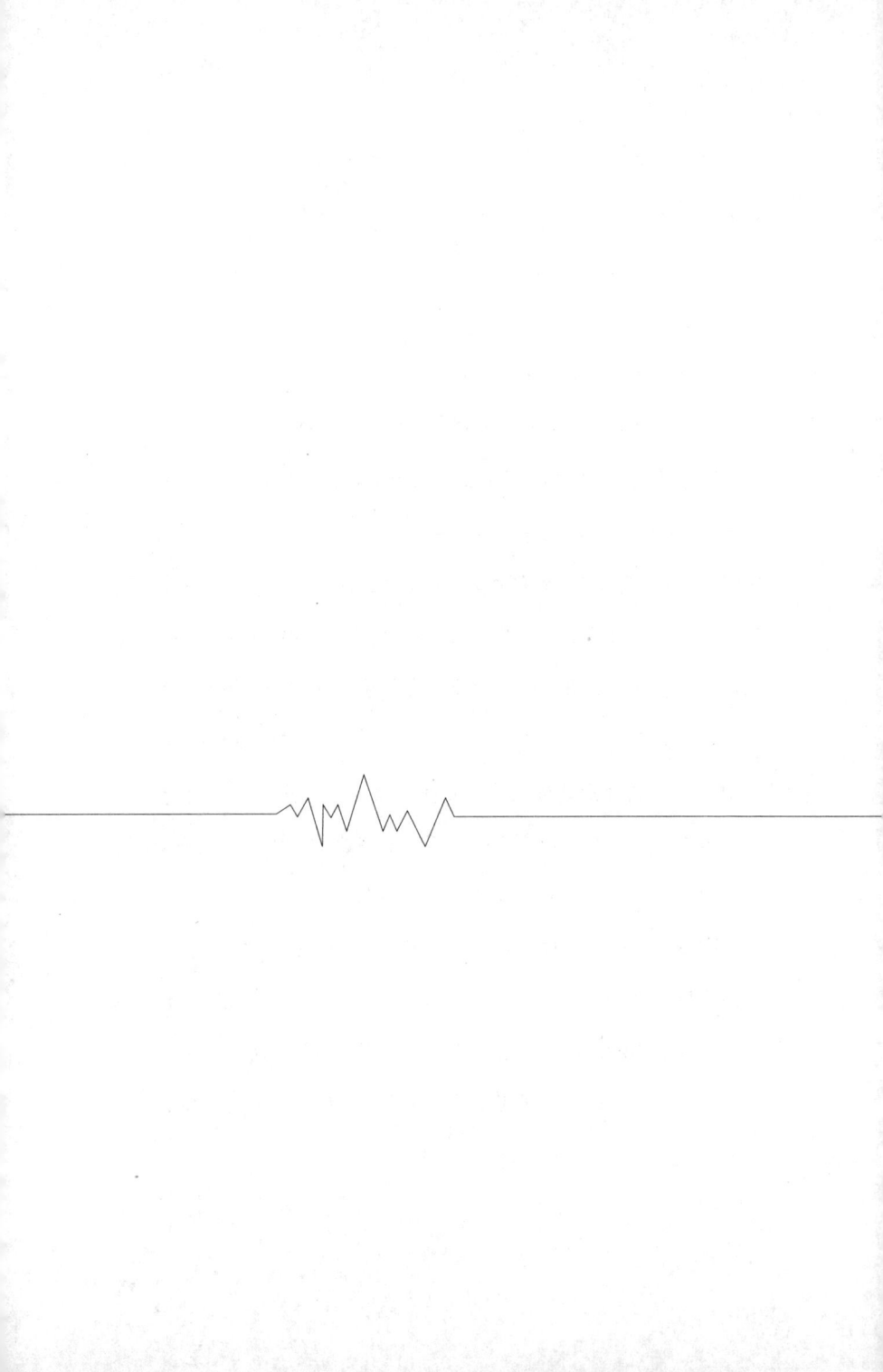

吃麻雀的少女

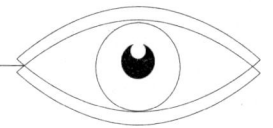

/

　　我的妈妈做饭总是放很多盐,我知道这是一个阴谋。我矮小而干瘪,两年前买的衣服现在穿还直晃荡。我舔过自己的手掌,又腥又咸,一股令人作呕的腊肉味道。

　　就在星期四的早上,妈妈向我的盘子丢了一个撒满盐粒的焦黑煎蛋,我说:"太咸了。"她一手将锅重重地丢在炉灶上,一手将我盘子里的煎蛋倒进了垃圾桶,动作流畅得仿佛已经排练了很多次,一直就在等我这句话似的。她在围裙上擦了擦双手,坐到一旁掉眼泪,面无表情,也不发出任何抽泣声,我看见她的眼泪在鼻尖汇集,然后滴在她面前摆放的那盘馒头上。那盘馒头也一定被泪水浸湿,咸得难以入口了,我忍不住这么想着。

她总是这样，一个脆弱敏感的公主，会为各种小事流眼泪，这就是她的武器。她的脖子很细，喜欢穿高领衣服，下巴微微向上翘着，眼神总是飘向别处，我几乎没有见过她的瞳孔在眼睛的正中央。她的双眼下方即使在不哭的时候也有两道淡棕色的泪痕，我想这道理就类似于沙漠里干枯的河床。而这两条泪痕已经成了她表情的基调，让她看起来总是悲伤，难以接近，即使在大笑的时候也会把她出卖，让她看起来像是一个歇斯底里的怪人，好像下一秒钟就会大哭起来。

我的爸爸很快就会洞察到这一切的，他会在嘴里塞上半个又咸又湿的馒头，然后口齿不清地大吼："你个兔崽子是不是又惹妈妈生气了？"我偷偷地瞥了一眼妈妈，她的手指在两个颧骨上轻轻滑过，阻断了那两条悲伤的小河，又吸了一下鼻子，头稍稍抬起，将视线投向绿色的冰箱。在我还没想好如何回答的时候，爸爸的怒气会因为我的沉默而升级，我只好屏住呼吸，缩起肩膀，在他的巴掌扇过来的时候紧闭双眼，整张脸由于太过用力而挤成了一个皱巴巴的核桃，随后就是一声巨响，脸像抹了辣椒一样又红又烫。而星期四上午所发生的一切和我预想的有一点不同，在他巴掌扇过来的时候我竟然成功地躲开了，他的手掌在我的头顶蹭了过去，一丝凉风撩起了几缕头发。我为逃过一劫而高兴，连忙大声求饶："我错了，我再也不敢了。"

妈妈站起来又去煎蛋了，她为爸爸多煎了一个鸡蛋，在我出门的时候甚至看见爸爸用双手揽着妈妈的腰，他们对视着，又交头接耳说着什么悄悄话。他们平常并不总是这般甜蜜，大部分时间都是我爸爸在怒吼，他的唾沫星在金色的阳光中疯狂绽放，而妈妈在一旁的阴影中默默流着眼泪。我觉得自己在这个家里也并不是毫无用处。

爸爸之所以脾气暴躁，我想很有可能是他热爱野味。我们家的餐桌上时常出现油炸蚂蚱、油炸知了、油炸蚕蛹、油炸大豆虫、油炸小鸟……他用一根长长的狗尾巴草将绿色的蚂蚱从脑袋后边的缝隙插进去，穿成一大串，从远处看像是一个属于原始人的古怪项链，而那些蚂蚱还天真而缓慢地蹬着布满小刺的大腿，晃动着触须，仿佛突然忘了自己身处何方，也忘了死期将至这件事。

每个周末他都会穿上胶鞋和迷彩服去河里钓鱼，大大小小的鱼越攒越多，我们家的冰箱塞都塞不下，有时候打开冰箱上层冷冻室的门，就会有一大坨硬邦邦的鱼滚出来砸在地上。我讨厌白色的鱼肉、白色的鱼眼和没完没了的鱼刺，黄色的鱼子最好吃，可是爸爸说小孩吃了不好，长大以后不识数。于是我只能眼巴巴地看着他俩把那些鱼子全吃光了。我对鱼泡最感兴趣，因为爸爸每次杀鱼之后，都会在一堆血水和内脏中虚张声势地将鱼泡踩破，血水飞溅，发出巨大的爆炸声，我也会因此兴奋地尖叫和大笑。爸爸说鱼泡可以让鱼在水中自由上下，虽然我还从未下过水，却一直坚信自己很会游泳，因为我吃了不计其数的鱼泡，它们很难咬动，像在咀嚼气球，我几乎都是一整个吞下去的。

爸爸除了经常对河里的鱼和草丛中的昆虫下手，还时不时会捉到野兔、青蛙、野鸡、野鸭和各式各样的鸟。那只可爱的棕色大兔子，竖着两只警觉的大耳朵，阳光从兔子的身后照射过来，让两只耳朵变成了半透明的粉色，我甚至可以看见里边的血管，像是一幅错综复杂的交通地图。在我还没来得及抚摸它，也没来得及喂它一根青草的时候，这只兔子就被我爸爸抓起两只耳朵，使劲儿往铁栏杆上一摔，立刻四肢下垂，一命呜呼了。没一会儿的工夫，它就变成了一团棕色的兔毛和一只有着硕大眼球、浑身粉色肌肉的奇怪动物。

而杀鸡宰鸭处理小鸟这样的事儿，我实在是见得太多了，它们大同小异。我熟悉每一个细节、每一个动作，如果给我一只鸡，我相信自己完全可以干净利索地要了它的命。在睡不着觉的夜晚，我一直用数鸡来代替数羊，一只，两只，三只……成百上千只，它们在我的脑袋里踱步，抖动羽毛，在眨眼的时候露出乳白色的瞬膜，用尖嘴四处敲击，直到我陷入凝固的鸡血一般鲜艳而易碎的梦中。在梦里，我的手和身体有着错误的比例，我的声音洪亮，力大无穷，性情残暴，几乎可以毁灭一切。

可是爸爸从来不给我机会，我觉得他在其中可以享受到很多乐趣，他每做一个动作都会扭头向我讲解："看见了吗？必须这样抓着它！"他左手用力地抓着鸡的两只翅膀根部，并把鸡头也控制在左手，鸡只能在空中徒劳地踢腾爪子。

我蹲在地上，两条胳膊夹在膝盖中间，身体前后晃悠，直到我认真地点了点头，他才会进行下一步。他用右手在鸡脖子前边揪掉了几撮毛，露出一小块肉色的鸡皮，然后将手伸到我的面前，用下巴指了指右边，嘴巴里发出嗯的声音。我知道这是递菜刀的信号，我等待这一神圣的时刻已经很久了，赶忙将那把沉甸甸的菜刀从地上捡起来，就像害怕有什么人和我抢似的。由于蹲的时间有点长，站起来感觉右脚完全消失了，就像右腿直接插在了软绵绵的云朵里，我的身子一歪，差点将菜刀砍向爸爸的小臂。

"你个兔崽子！"他夺过菜刀，向我挥舞了几下，然后对准了鸡脖子一刀划过去，"下手一定要又快又准！"他的口气严厉而凶狠，仿佛我是一个屠夫的女儿，而我之后也会继承他的这份家业似的。

我知道这只鸡会在什么时候拼命扑腾翅膀，也几乎可以预测它爪子的最后一次抽搐，我屏气凝神地等待最后一滴血掉进碗里之后的寂静，那可真是令人长舒一口气。

"你瞧，这只母鸡肚子里还有几个小鸡蛋。"爸爸在处理这只鸡的内脏，他有点得意，"你猜有几个？猜对了都归你！"

我知道那种鸡蛋，它们还未成形，像是一堆大大小小的橘色乒乓球。"一千个！"我很容易将兴奋转化成胡说八道。

爸爸瞪了我一眼，继续处理鸡嗉子，这是整个杀鸡过程中我最喜欢的部分。他将鸡嗉子打开，就像打开礼物一样小心翼翼，充满期待，我们仔细辨认里边包裹的东西，一些小碎石，草籽，破碎的昆虫……就像在观看这只鸡生前的历史。

我从未像此刻一样想要去了解一只鸡，我尊重它，关心它，试图通过这些蛛丝马迹来还原它遇见我爸爸之前的生活。我想象它在树林中踱步，时不时地啄起地上的小石子，还吞下了一些肥美的小虫子，想象它遇见了一只漂亮的大公鸡，有着红色的鸡冠，来回抖动，羽毛像抹了油一样发光。我甚至幻想了未来，那些尚未成形的鸡蛋，会变成一群可爱的小鸡娃，它们毛茸茸的，被阳光包裹着，发出一串串动听的叫声，跌跌撞撞地奔跑，像是鸡妈妈洒在地上的金色影子。

我喜欢这样的时刻，我和爸爸挤在一起，我的头碰着他的头，我的肩膀贴着他的胳膊，我可以感受到他皮肤的热量和嘴里呼出的潮湿热气，他甚至帮我抠掉了小臂上早已凝固的一点鸡血。我们拨弄着鸡嗉子里散发着怪味的东西,沉浸在各自的幻想中,虽然在别人看来有点奇怪,可是不管怎么说,这都是我们难得的亲子时光。

2

周末我们家来了几个叔叔,他们穿绿衣服聚会,都是我爸爸的战友,其中两个叔叔还带着小孩,一个叫作宝宝的胖男孩,塌鼻梁,上嘴唇向上翘着,让他看起来好像合不拢嘴一样,两个脸蛋红得发紫。还有一个叫作豆豆的女孩,穿着粉色的连衣裙、白色的长筒袜、黑色的小皮鞋,脑袋一边一个小辫,上面扎着粉色的大蝴蝶结,她手里抓着一个丑陋的会说话的电动娃娃,不但和她发型一个样,穿得也差不多,就像缩小了十几倍的她。他们都比我小好几岁,可是宝宝的体积却比我和豆豆加起来还要大。

豆豆的爸爸不好意思地对我妈妈说:"她非要来找芳芳姐姐玩。"

妈妈一边为客人倒水,一边努力在脸上展现她那令人尴尬的笑容。她弓着腰问豆豆:"你今年多大了?"我记得上次她也问过豆豆这个问题，如果我没有记错，她会问所有小孩这个问题的。

豆豆站直了身子，就像回答老师问题一样，一字一顿地说："我今年四岁啦！"

可是根本没有人在乎她多少岁，男人们互相寒暄，围着餐桌坐成了一圈，而我妈妈的笑容很快就会消失在她双眼下那两条干涸的河床里，她转身飘进了厨房。

我和满脸通红的宝宝在沙发上疯狂蹦跳，这个早已掉皮的米色人造革沙发不堪重负，发出吃力的嘎吱声。爸爸碍于面子不会把我怎么样，这是我肆意妄为的大好时机，我喜欢这些叔叔来我们家聚会。大人们有说有笑，喝酒划拳，我和宝宝大声尖叫，试图压过大人的声音。我们很快就结为同盟，不让豆豆爬上沙发，她一爬上来我就用脚把她踢下去，宝宝一边跳，一边大口呼吸，他的笑声很奇怪，有时候像一只猪在呼噜，他胸前的两个大咪咪和肚皮一起上下摇晃。豆豆摔在地上哇哇大哭，她的电动娃娃脸朝下趴在一旁，失控了一般循环唱着一句儿歌："两只老虎，两只老虎，跑得快，跑得快。"

我们很快厌倦了在沙发上蹦跳，像三只难以驱逐的苍蝇一般围绕着餐桌追逐起来，我们又黏又黑的脏手在大人们笔挺的绿色衣服上抓来抓去。我说服了豆豆和宝宝扮演两只小狗，在桌子底下钻来钻去,而我就是饲养他们的主人。他们汪汪叫着,我从餐桌上偷了一个鸡腿丢给他们吃,我趴在地上严厉地指导着宝宝,因为他看起来更像一只猪而不是什么小狗。这个游戏并没有持续太长时间,它终结在豆豆警报似的大哭声中,其中一个叔叔说到兴奋之处一跺脚,正好踩在了豆豆的小手上。豆豆的爸爸将她从桌子底下拽出来,放在腿上,豆豆已经不是刚进屋的那个小公主了,她的手掌又黑又油,脸上也没好到哪儿去,白色的长筒袜在膝盖的地方磨了两个大洞,一个蝴蝶结已经散开了,粉色的绸带耷拉在一边,看起来像是一个惹人怜爱的小乞丐。她一坐到爸爸的怀里就哭得更起劲了,她爸爸有点不知所措,一边嘴里嘟囔着:"哦,哦,豆豆乖,不哭了啊,不哭了。"一边使劲晃动着双腿,好像在哄一个毫不讲理的婴儿。

个子最高的那个叔叔刚开始还想继续他的话题,好像和甘蔗有关。"在越南的时候,路边全是甘蔗……"他这么开了几次头,都被豆豆的哀号声打断了,他举着酒杯,愣了一会儿,然后挠了挠头,忽然忘了自己要说什么,于是一饮而尽。

男人们都沉默了,盯着豆豆爸爸怀里那个不肯罢休的警报器,不知道怎么安慰。我知道我爸爸斜着眼睛在想些什么,每次遇见这样的情况,比如满地打滚哭喊着要买东西的小孩、和大人顶嘴的小孩、淘气的小孩、不听话的小孩、做了错事的小孩……他都会在背地里咬牙切齿地评论:"这就是惯的,欠揍,给他一个大嘴巴子就好了!"然后凶巴巴地看着我,在空中给我两个大嘴巴子。我一直觉得小孩才是我爸爸真正的敌人,也许他当年打仗就是为了消灭一支小孩组成的军队。

就在这个时候,妈妈端上来一盘油炸大豆虫,这可是我们家的招牌菜,爸爸在凳子上挪了挪屁股,蠢蠢欲动,用筷子点了点这盘菜,得意地说:"来来来,快尝尝这个!"大家饶有兴致地观察着这盘虫子,却没有人愿意动筷子。

爸爸看了我一眼,我知道登台表演的时候到了,我像一只训练有素的小老虎,迅速地跑到爸爸的身旁,抬起脑袋,张大嘴巴。爸爸用手指在盘子里扒拉了扒拉,捏起一只最肥大的豆虫,夸张地举到高处,和目光一起,从左到右移动一圈,面带神秘的微笑,好像在向观众展示什么旷世珍宝,随后他将这只豆虫降落在我的鼻尖之上。我知道此刻,所有的目光都集中在了我的身上,我的脸庞和耳朵因此而感觉到炙热,我的鼻子闻到一股焦香,我一口将那只豆虫从我爸爸的手里咬掉,动作迅猛而凶狠,我甚至听到了上下两排牙齿敲击的声音,吓得爸爸赶忙将手缩了回去。为了增强视觉效果,豆虫的一半身体还露在我的嘴巴外边,我使劲咀嚼着它的另一半身体,豆虫肚子里白色的浆液从我的嘴角流了出来。我环视了一周,各位叔叔都瞪大了眼睛,龇牙咧嘴的,显然被我精湛的演技所征服了,就连豆豆也早已停止了哭泣,一脸惊恐地望向我,仿佛这早已不是什么可以叫作"芳芳姐姐"的东西了。

有一个叔叔一边鼓掌一边说:"芳芳真是勇敢!"其他的叔叔也一边点头赞叹,一边鼓起掌来。整个聚会的气氛达到了顶点,热烈极了。

爸爸对我的表演十分满意,挥了挥手,意思是我可以去一边玩了。我也从盘子里拿了一只豆虫,拎着它去追宝宝,宝宝尖叫着跑开了,豆豆也从爸爸怀里蹦了下来,跟在我身后跑,我们围着桌子转圈,根本分不清到底是谁在追谁。

妈妈端着一盆盛得太满的鱼汤一步步往前挪,还要躲开这些奔跑的小孩,鱼汤在盆里荡漾,时不时从边缘溢出来滴在地上,当她将汤安全地放在桌子上之后,终于完成了任务,将手在围裙上蹭了蹭,吐了一口气,一脸的疲惫。爸爸抓起他旁边叔叔的碗,一边给他盛鱼汤,一边说:"这可是我上星期才钓的鲫鱼,瞧瞧这汤奶白奶白的,像牛奶一样!"

豆豆的爸爸说:"嫂子辛苦了,快坐下来一起吃饭吧。"其他的叔叔纷纷附和着,然后朝着一个方向聚拢,在我爸爸旁边腾出了一个空间。

爸爸赶忙说:"不用不用,她在厨房吃就可以了。"

妈妈用最后一丝力气挤出一个短暂的笑容:"你们吃吧,我在厨房留了一些菜,不用管我,我给孩子们盛米饭去。"说完就又飘进了厨房。

我们站在各自的爸爸身旁,手捧着饭碗,狼吞虎咽,已经折腾了一上午,这让我们三个饥肠辘辘。叔叔们一边喝酒,一边断断续续地聊天,他们吃菜很少,语速越来越慢,眨眼也变慢了,目光呆滞,如果盯着某个叔叔看,就像是在看慢镜头。宝宝的脸上沾着米粒,举着空碗说:"我还要吃!"他的爸爸赶忙接过碗准备去厨房盛饭,我的爸爸也站了起来,拦着他,抢夺着他手中的饭碗大声说:"你快给我坐那儿,你别动!小陈!小陈!快过来给宝宝再盛一碗。"我爸爸有点站不太稳,他们两个看起来更像是扭打在一起。

妈妈从厨房飘了出来,面色阴郁地对我爸爸说:"你少喝点吧。"

爸爸四肢伸展地仰在椅子上,一脸得意的笑容,嘴里发出"哼"的声音。他忽然挺起身子,用双手比画成手握长枪的样子,对准妈妈大声说:"热呆连[①]!"

妈妈狠狠地瞪了他一眼,然后气呼呼地拿起宝宝的饭碗走进了厨房,她的拖鞋和地面用力地敲打着,发出啪嗒啪嗒的响声。

---

①越南语,战场喊话口号中举起手来的意思。

其他的叔叔在我妈妈进了厨房之后,才哈哈大笑起来。

宝宝的爸爸也是个胖子,宝宝和他长得很像,他还没多大年纪就谢了顶,让人很难不为宝宝未来的发型担忧。他的兴致最高,大声说着:"诺布松空叶!"

豆豆仰着脸问她爸爸:"叔叔说的是什么意思?"

豆豆的爸爸解释着:"缴枪不杀的意思。"

豆豆一脸迷茫地问:"什么叫作缴枪不杀?"

另一个瘦高的叔叔向着房顶翻着眼珠,努力在脑海里搜索:"宗堆宽洪,洪……"

我爸爸接上:"宗堆宽洪毒兵,我们宽待俘虏!"

豆豆的爸爸说:"我好像记得'不许动'怎么说,是冷依姆,对吗?"

"对对对,冷依姆,不许动!"

"来,跟着爸爸念,热呆连,热,呆,连。"豆豆的爸爸开始教女儿。

"热,呆,连。"豆豆仰起脸一字一顿地说着。

"诺布松空叶!宗堆宽洪毒兵!"我怎能放过这个表现自己的大好时机,总共就这么几句话,我从小就听我爸爸念叨,早就烂熟于心了。

除了宝宝在大口吞咽饭菜,我和豆豆在反反复复念着这几个奇怪的句子，好显示自己很聪明以外，其他的男人都回到了遥远的热带战场。他们的表情渐渐变得凝重，那里空气潮湿，植物茂密，草木皆兵。他们十八九岁，除了会背几句越南口号，并没受过什么军事训练。

"第一天在战壕里，我吓得双腿直发抖！"爸爸向前伸直脖子，撇着嘴说。

我知道他接下来会说什么："冲锋的时候，身旁陆续有小战友被绊倒了，打完清点尸体的时候，才知道根本不是绊倒了！"

他几乎一字不差地说了出来，最后加了一句："真是太惨了！"

这几句越南话为我们下午的游戏提供了灵感，我们三个通过手心手背来确定谁演越南人，而另外两个人来演中国战士，我们随便抓起什么就来当作自己的武器，我抓着一个扫床的短扫把，豆豆将她的娃娃当成一把枪，而宝宝则抓着一个抱枕，挺着肚子，嘴巴里发出"突突突"的扫射声。

我们的游戏规则是，扮演中国战士的人要先用越南语说上那几句话，"不许动，举起手来，缴枪不杀，我们宽待俘虏"。至于接下来，就可以任意发挥了，无论对方有没有举起手来，是否缴纳了枪支，我们都口是心非，从来没有宽待过俘虏。

比如我和豆豆追逐着宝宝，用扫把和娃娃向他扫射，和他扭打在一起，我们揪他的头发，掐他的肚皮，直到他躺在地上一动不动，翻着白眼，将舌头伸出来耷拉在嘴角，我们两个才为取得胜利而欢呼。比如豆豆和宝宝一伙的时候，他们根本就追不上我，连我都觉得没意思了，只好躺在地上伸直双腿装死，好进行下一轮。当豆豆成为越南人的时候，我和宝宝甚至忘了先说那几句越南话，就直接将她扑倒在地上，拽她的小辫，用扫把戳着她的胸口疯狂射击，宝宝用抱枕向她的脸砸去，豆豆显然被吓到了，忘记了装死就能结束这一切，她大哭着，尖叫着，求饶着，扭动着，我们大叫着："冷依姆！冷依姆！"可是豆豆根本就不听指挥。我和宝宝越来越兴奋地惩罚着豆豆，这个该死的顽强抵抗的越南人，直到她爸爸晃晃悠悠地跑了过来。游戏就这样结束了，我和宝宝站在原地大口喘气，我觉得豆豆再也不想找芳芳姐姐玩了。

直到晚上聚会才结束，豆豆早已在爸爸怀里睡着了觉，眼睛半开着，似乎对周围保持着警惕。客人们挤在门口一一同我爸爸告别，又是握手，又是搂着肩膀。

"过几天咱们再聚啊！"

"嫂子真是辛苦了！"

"下次带着芳芳去我家玩。"

"嫂子我们走了，麻烦你了。"

"跟芳芳姐姐再见，跟叔叔阿姨再见。"

每一句话他们都会口齿不清地说上好几遍。防盗门关上之后，家里一片寂静，我的爸爸对着门口站了好一会儿，才如梦初醒一般转身向屋里走去，一屁股陷在沙发里，一脸满足的微笑。

妈妈开始收拾桌子，她将所有的剩菜剩饭都毫不留情地倒进垃圾桶里，因为她一直坚信客人吃过的饭菜里有着太多类似乙肝、幽门杆菌之类的致病细菌。她的表情严肃，动作很大，将锅丢进水池，将碗筷噼里啪啦地摞在一起，她拖动桌子的一角，让桌子腿和地面发出刺耳的摩擦声。她在厨房的水池里反复洗刷碗筷，将水管开到最大，那些看不见的病菌让她发疯，厨房传来的激烈声响让我怀疑那些餐具早已被她摔得粉碎。而这一切都是她表达愤怒的语言，她一个字都不需要说，整个房间就全被愤怒填满了，我几乎可以闻到那种令人窒息的味道，有点像火柴擦着之后的硫黄味。我小心翼翼地喘气，防止妈妈的愤怒侵蚀我幼小的肺部。

处理完碗筷，妈妈开始对桌椅、沙发和地面进行消毒，她每次路过沙发，爸爸都会嬉皮笑脸地伸手抓她，或者用脚尖碰她的腿。妈妈狠狠地瞪着他，然后再将他的胳膊甩到一边，或者将他的脚踢到一旁。在酒精的作用下，爸爸变得宽宏大量，一直保持着微笑，仿佛沉浸在什么温馨家庭的幻梦中，他的妻子勤劳贤惠、通情达理，他的孩子聪明可爱、很有教养，而他自己则是情绪稳定、彬彬有礼，无论到哪儿都受人尊敬。

没一会儿，妈妈就要求爸爸离开沙发，她拽他的胳膊，拉他的腿，可是爸爸像一团胶状物，和沙发粘在了一起，难以分离。爸爸始终面带微笑，他甚至觉得这挺有趣，专门伸直了胳膊或者腿让妈妈拽，我也跑了过去，加入这个难得的家庭游戏，我抓着他的另一条腿，就像拔河一样拼尽全力，爸爸的身子纹丝未动，我坐在地上咯咯笑着，妈妈将他的腿扔在地上，将抹布丢进兑了消毒水的盆里，脏水溅了一地。她坐在一旁的凳子上，摆好了姿势，我所熟悉的姿势，那两条干涸的河床即将迎来雨季，两只眼睛如同暴雨将至一般布满阴云，汹涌的河水又将再次灌满河床，房间里的空气也因此变得潮湿而阴郁。爸爸顿时清醒了不少，在沙发里嘎吱嘎吱地扭动了一番才坐直了身体，他站起来向妈妈走去，可是一脚踢翻了水盆，水把他的脚全弄湿了，他气急败坏地骂了一句脏话，然后转身走进漆黑的卧室，脸朝下扑倒在床上。在微弱的光线下，爸爸的姿态像是一具溺亡的尸体，刚刚被打捞上岸，脚尖还在滴水。

我也早早地爬上床睡觉，在这样的夜晚，并没有人在乎一身臭汗的我是不是没有刷牙和洗澡。我也并不为他俩太过担心，因为我知道第二天早上他们会从一个被窝里醒来，这样的事情我经历过太多次了。

3

我还睡着那张破烂不堪的儿童床,一些残存的天蓝色油漆被磨得发光,我的双脚时常卡在床尾的栏杆里,这让我总是在做同一个噩梦。那晚也不例外,在潮湿的梦里,我的双脚被一只粗粝的大手抓住了,使劲扑腾也不管用,再一看自己被抓住的并不是什么双脚,而是灰色的鱼尾巴。我的身体扁平,鳞片发光,腮帮子一开一合,露出鲜红的鱼鳃,嘴巴发出啪嗒啪嗒的声音却无法呼吸。我大汗淋漓地醒来,揉搓着自己疼痛的脚踝,将十个脚指头使劲儿岔开,好确认它们并没有连在一起而成为一条该死的鱼尾巴。最后我蜷缩起双腿,尽量远离四周的围栏,像是一只关在小笼子里的宠物狗。

对于这件事,我已经反映过很多次,他们一拖再拖,仿佛根本不愿意相信他们的女儿已经长大了,至少比这张床要大一点。

对于我的需求,他们经常通过拖时间来解决。比如今年夏天我想买游泳衣去学游泳,刚开始我的爸爸用嘲讽的语气说,小孩穿什么游泳衣啊!后来我的妈妈意识到我的胸脯上渐渐鼓起两个小包,就答应了这个要求,可是他们拖着拖着就到了秋天,泳池关门了,因此就不用给我买了。再比如这学期开学,学校让交加餐费,他们拖着拖着就错过了缴费的时间,于是每天上午两节课之后的加餐时间,我只能看着其他的同学吃着学校发的小蛋糕、水果、酸奶之类的东西咽口水。而最令我伤心的是,每次感冒发烧,他们都不会像其他的家长那样着急带我去医院,爸爸忽然变得乐观而自信,就像一个育儿专家:"发烧是好事,小孩需要时不时发发烧,把病菌都烧死,这样以后就有抵抗力了。"妈妈也终于和他有了共鸣:"医院也不是什么好地方,本来没多大毛病,去了医院会被别的小孩传染更严重的病菌的!而且我听说打针的时候,有些没有消毒干净的针头也会传染乙肝艾滋病什么的。"

"多喝水。"

"再观察观察吧。"

"是药三分毒。"

"实在不行了再去医院。"

…………

我头昏脑涨,浑身无力,完全凭借自己的抵抗力一天天地熬着。每次等我恢复健康之后,爸爸都会非常得意地说:"看,我说不用去医院,她自己就能好吧。"而妈妈也会因为避免了去医院这种污秽之地而松了一口气。

但我相信他们和我一样明白,这张床的事是不会拖着拖着就不了了之的,随着时间的推移,我的脚只会越伸越远,穿越床尾的围栏,直到整条小腿都露在外边,成为一个完全无法忽视的奇怪画面——一个长着双腿的婴儿床。

我的噩梦终于升级了,不再是什么被抓住尾巴的鱼的把戏。这次我被牢牢地绑在一张类似手术台的床上,双脚和双手都被皮带捆住,爸爸戴着白色的口罩,举着一把电锯,正准备切割我的双脚。他自信而疯狂的眼神就像在杀一只柔弱的小鸡,而妈妈面无表情地站在一旁,由于她的泪痕被口罩挡着了,让她看起来丧失了悲伤的底色,更像是一个冷酷无情的陌生人。她似乎在等待爸爸处理好"野味"之后,拿去厨房做菜。我的内心充满了恐惧和愧疚,大声呼喊着求饶:"我再也不长大了,我会缩小的,请不要切掉我的脚,求求你们了!"

"不要乱踢,小心割着你的脚!"爸爸大声训斥着。

我睁开眼睛,心脏还在狂跳,这是一个阳光明媚的清晨,窗户大开着,绣着小花的粉色窗帘不断被风举到半空中。空气中飘荡着木屑的味道,我的心情渐渐平静,有一种劫后余生的幸福感。

我聪明的爸爸想出了一个好主意,他锯掉了床尾的那些栏杆,用两根钓鱼线吊着一块木板,木板的一侧和床板用两个合页相连,类似古代城堡的吊桥,这样我的双脚就可以放在这个吊桥上，像是一个住在城堡里的巨人。不出意外的话，未来很多年我的脚都会在这个简陋的吊桥上过夜，这座吊桥除了通往噩梦，不会通往任何好地方。

这个发明让爸爸得意了好一阵子。他一方面觉得应该迅速推广起来，另一方面又很困惑为什么这么好的主意之前竟然没人想出来，他并不相信自己的智力超群。最后他总结出来——科学家们太过专注于没用的东西，比如什么火箭升天，什么外星人之类的，而对于老百姓的日常生活他们从不关心，甚至一窍不通，而他这样的人恰巧填补了这样的空白。爸爸因此充满了使命感，我就见过他在路边摔碎半块红砖，捡起一小块蹲在马路牙子上，一边在新铺的柏油马路上画图，一边向穿着黑色皮衣、推着黑色自行车的徐叔叔介绍——如何将我的小床变成一张可以使用一辈子的床。徐叔叔在自己吐出的白色烟雾中若有所思，频频点头。

没过多久，这种空洞的描述已经不能满足我的爸爸了，他时不时就会邀请邻居进屋参观，完全不管别人有没有兴趣，他一边讲解，一边将吊桥合上，打开，合上又打开，仿佛这座戒备森严的城堡正在举行什么舞会，一直有人进进出出。我躲在门后，屏住呼吸，后背紧紧地贴着冰凉的墙壁，在这些邻居要离开的时候，猛地跳出来将他们吓个半死。我喜欢看他们惊恐的表情，睁大的眼睛，张大的嘴巴，就连鼻孔都变得很大，我知道有那么一瞬间，他们灵魂出窍，连带着我爸爸的这项发明，一同从这些黑漆漆的嗓子眼和鼻孔飘到了九霄云外，他们回到家后，只会记得我爸爸的唯一创造——芳芳这个可恶的女孩。

只有倩倩的妈妈与众不同，她倒吸了一口凉气，并没有受到太大的惊吓，这让我有点失望。后来我想也许是因为她受过更大的惊吓，我这点小把戏显然算不上什么了。她蹲下来，一股热乎乎的香气向我扑来，她画了眉毛和口红，抹着红色指甲油的双手拉着我的手，左肩上的单肩包滑到了小臂，可是她并没有去调整，只顾笑眯眯地看着我说："芳芳你的小床睡着舒服吗？下楼去我们家找倩倩玩吧，她有好多娃娃。"她的门牙上沾着一点口红，一直吸引着我的注意力。

从来没有大人这样和我说话，我感觉全身不自在，他们一般会这样对我说："这个疯丫头！""这个熊孩子！""你个兔崽子，小心我告诉你爸，叫他打死你！""快管管你们家芳芳吧，这哪还像个女孩？"也从来没有人邀请我去他家玩，邻居们对我避之不及，生怕我把他们柔弱的小宝贝玩坏了。我就听到过二楼格格的妈妈教训格格："不准你和芳芳玩，你会被她带坏的。"当时我就冲了过去，对着格格妈妈硕大的屁股叫了一声"肥猪"。

我扭动着双手，从倩倩妈妈的手里挣脱了出来，然后从门口飞奔出去,我的手上全是倩倩妈妈的香味,我在楼梯扶手上怎么蹭都蹭不掉。当我一口气下到二楼的时候,又鬼使神差地拐上了三楼。以前我不敢在三楼停留太久,因为倩倩的爸爸刚搬来还没两天,就在厂里干活的时候被机器绞成了碎片。那天傍晚我爸爸下班回家,绘声绘色地向我和妈妈描述倩倩的爸爸走进了机器的内部,而另一位粗心的同事打开了机器,最后,那些鲜血淋漓的碎片怎么都无法再拼成一个人。

我时常想起那些碎片,并且更愿意将它幻想成一副被弄丢了几块的拼图,有时候一只眼睛拼不上了,有时候是一根手指。我总觉得倩倩爸爸的灵魂在三楼游荡,守护着他们家,而我这样的小孩一定是不受欢迎的,那个落满灰尘的黄色灯泡时不时闪动着,让倩倩爸爸的灵魂显得更加具体了。可是现在,我的手香喷喷的,像是拥有了某种护身符和通行证,我悄悄地挪到他们家门口,望着黄褐色的防盗门,屏住呼吸想从门里听到什么动静,既想敲门,又害怕门打开,我就那么站着,幻想着倩倩正在目不转睛地看《新白娘子传奇》,白娘子和许仙在她明亮的大眼睛里闪动着,也许我可以进去和她一起看的,楼上忽然响起脚步声,我像一只受到惊吓的老鼠一样匆忙逃跑了。

东东正在院子里无所事事地闲晃,他双手插在裤兜里,踏进花坛,在月季上跺了几脚,吐了一口痰,然后又朝着阴凉地儿摆放的自行车走了过去。我叫了他一声,他扭头看见我十分兴奋,摇头晃脑地朝我跑了过来。他身上脏兮兮的,寸头上一块块秃了的疤痕像是被狗啃了,右脸连着脖子有一个鞋底一样的瘀青,我甚至可以辨认出像海浪一样的花纹。

我指着自己的右脸问:"你的脸怎么了?"

东东有点得意,咧着嘴巴说:"我爸踩的。"仿佛这是他爸爸送他的一件生日礼物,一枚荣誉勋章。他捡来一块砖头,弓着腰,恶狠狠地踹向这块砖头,然后用脚在上面踱来踱去,他喘着粗气,抬眼看着我说:"就是这样子踩着我的头,我根本爬不起来。"他还是个小孩,可是这样说话的时候,脑门上有着不可思议的抬头纹,又深又粗,让他看起来像是三四十岁,和他爸爸一个年纪。

"为什么打你?"我虽然明白暴躁的爸爸会因为任何原因而揍小孩,有时候甚至根本不需要原因。可是将脑袋踩在脚底下还是很少见,至少我的爸爸就不会这么对待我,他更喜欢挥舞他的巴掌,对比起来我还觉得挺幸运。

"我偷自行车被抓着了呗。"东东漫不经心地说,他放过了那块倒霉的砖头,一脚将它踢到了墙角。

"你为什么偷自行车?"我不知道我们这个年纪,一辆根本够不到脚蹬的高大的自行车究竟有什么用,上学的地方走几步路就到了。

"傻子。"东东凑得更近了一点,"偷一辆车有人给我五块钱。"他得意地撑大右眼看着我,伸出他那个黑黢黢的手掌,比画着五,然后上下晃动着脑袋,仿佛正在听着什么劲爆的音乐,他总是这么多怪动作,一秒钟都不能停歇。

五块钱就是五百根粘牙糖、五十包酸梅粉、二十五包唐僧肉、十根奶油脆皮冰棍……我必须换算成这些实实在在的东西,才能明白站在我面前的是一个不折不扣的富翁。

东东是唯一愿意向我敞开心扉的小孩,因为有一天我正在玩蜻蜓吃蜻蜓的小把戏时,被他看到了。我将两只蜻蜓的头尾互相连接,它们就会抱着彼此的尾巴吃起来,东东扭头吐了一口痰对我说:"你可真是个变态!"之后我又向他展示了螳螂吃螳螂,他一脸震惊又兴奋的表情,仿佛被打开了新世界的大门。在我的带领下,我们一起吃蜜蜂沾满花粉的大腿,吃蚂蚁酸酸的屁股,将蚯蚓切成两半,用水把蚂蚁淹死,再放在太阳底下暴晒等待它们复活。我们依次试验拔掉蚂蚁的触须、四肢,甚至脑袋,看看它们还能否运动,还可以活多久。我们破坏蜘蛛网,我们抱怨蜘蛛结网的速度远远赶不上我们破坏的速度,整个家属院都再也找不到一个完整的蜘蛛网了。

东东很快就将我视为同类,可是我的爸爸妈妈却不让我和他玩,怕他把我带坏了,这句话听起来很熟悉。无论在学校还是家属院里，东东都是最出名的恶魔，他欺负同学，寻衅打架，推倒老师，上课捣乱，成绩倒数第一，从高处往校长的头上吐痰，据说他的爸爸每年要赔很多钱，光被东东打碎的近视眼镜就有十几副，他的拳头总是被那些令人晕眩的近视镜片所吸引。他在烟雾缭绕的教导处待着的时间比在教室里还要多，他时常被处分，还留过一级，如果继续这么下去，我怀疑他这辈子也没法从小学毕业。他是每一个老师和家长口中坏孩子的典型："不要和东东这样的坏孩子玩！""再这样下去，你就会变成东东那种小孩的。"……"东东"已经不再是一个普通的人名了，有时候我觉得东东就是按照这些大人的期盼所生长出来的一个"模范人物"，他们所能幻想出来的每一件坏事，东东都会不负众望地去干。而有时候我觉得东东只是病了，他过度亢奋，眼神疯狂，吃下的东西会转换成无穷无尽的能量，让他像一个失控的机器一样，根本停不下来。

　　我们沿着支撑暖气管道的铁架向上爬，我在架子内侧的角落里发现了一个小小的鸟窝，我很兴奋，却又刻意压低嗓门，仿佛怕别人听到一样："东东，这儿有一个鸟窝！"还没等我看仔细，他就一把抢了过去，将窝里几枚有着斑点的灰色鸟蛋丢到了地上，又将鸟窝扣在了自己头上对我做着鬼脸。我根本笑不出来，盯着地面那几摊碎掉的鸟蛋心里十分恼火，我本来可以把它们拿回家的,而我的爸爸会因此表扬我,会像赞赏一只叼来猎物的猎犬一样拍拍我的脑袋。这些鸟蛋可是难得的野味,我错过了一次千载难逢来证明自己的机会。而东东那个破破烂烂的脑袋是无法理解这一切的。我蹦上了旁边的围墙,准备沿着它往前走,从另一个铁架爬下去回家。东东愣在那里,一根鸟毛沾在他的眉毛上,他骂骂咧咧的,就像挂在树上乱叫的猴子一样惹人厌烦。

我回家的时候,倩倩的妈妈早就走了,可是屋子里还留着她的香味。爸爸正在极力辩解着:"我就是叫她来看看芳芳的小床,我还能干什么?真可笑!"妈妈正生着闷气,看到我进屋,她径直走进了厨房,将炒菜锅放在炉灶上烧热,然后举着醋瓶在里边洒上了不少,顿时整个厨房都烟雾缭绕,紧接着她关了火,两只手举着铁锅,在屋子里转圈,好像在驱逐什么不受欢迎的鬼魂。她来回晃荡着锅里的醋,好让它们更多地接触到炙热的锅壁,它们冒着黑色的泡泡,蒸发到空气中。每次流感暴发的时候,妈妈都会这么消毒。而现在,我们这个拥挤的家的每一个角落都充满了浓浓的醋味,再也闻不见倩倩妈妈的香味了。不知道是不是我的味觉出现了问题,每次妈妈这么干,我都觉得这是臭脚丫子的味道,让人无法呼吸,而我的头发里也会沾满这种味道,久久不能散去。

"以后不准叫这个狐狸精进我们家！"妈妈又把锅重重地丢在炉灶上。

"神经病！"爸爸冲着厨房大叫了一声，然后拆掉了那座吊桥的绳子，他有点担心那两根透明的钓鱼线是否可以长期支撑我的双脚，他换上了更粗的白色尼龙绳。

倩倩的妈妈在丈夫死后仍然每天穿得时髦性感，头发烫得像是杂志封面上的港台女明星，这一切都让人们无法忍受，仿佛她这辈子都必须每天以泪洗面、穿着暗淡才能满足人们对她的同情心。可是倩倩的妈妈显然让大家失望了。家属院门口晒太阳的老大妈们经常议论她，这真是一个永远都令人兴奋的话题，这些退休的老年人也因此更有活力，比吃什么保健药都有效果，也许可以活到一百岁。

倩倩的妈妈对人热情又有礼貌，每天下班，她推着自行车从院门口经过，都会和这些老大妈打招呼。

"邓大娘，您最近身体怎么样啊？

"刘阿姨，您上次拜托我问的事情，我帮您问过了！

"你们快来尝尝，我今天买了一些草莓。"

可是一等倩倩的妈妈走远了，她们就开始交头接耳。

"瞧她的高跟鞋，骑自行车也不怕摔下来。"

"你们闻见了吗，那香水味儿，可真是呛鼻子！"

"你们瞧她走路,一扭一扭的,也不知道在勾引谁呢。"

"我听他们单位的人说,以前他们家小张没死的时候,她就和很多人不明不白呢。"

"对对,我也听说过,那天小张也是因为心情不好才粗心大意死掉的,说不定就是被她气的。"

"哎,我还听说,那个按下开关的人,和她有一腿呢!他是故意想害死小张的。"

"你们有没有觉得,倩倩和小张长得一点都不像呢!"

她们说话的声音越来越大,完全不顾及旁边是不是有小孩在听,故事也变得越来越离奇了。

4

寒假伴随着漫天大雪一起到来了,家属院年久失修的暖气管道向外喷射着蒸汽,整个院子都白茫茫的,如同冬日里一个温暖潮湿的幻梦。我和东东爬高上梯,在雾气中忽隐忽现,我们四处打量,渴望遇见点什么有趣的东西,可是现在花坛里连根草都没了。当我们沿着铁架往上爬的时候,我在一个紧挨着暖气管道下方的温暖角落里,发现了一个由黄色的枯草围成的小窝，刚开始我有点激动，还以为又是一个鸟窝，可是当我爬过去仔细看时，发现这个小窝里，并没有藏着什么鸟蛋，而是几只粉色的几乎透明的小老鼠，甚至可以看见它们暗色的小心脏在身体里跳动着。东东来了兴致，伸着脑袋观察着，嘴巴学着老鼠发出吱吱的叫声。

倩倩从远处走进了院里，她穿着一件披风样式的红色呢子外套，头上还戴着一顶红色的贝雷帽，让她看起来像一个小大人。当她走到我们脚底下的时候，我就只能看到她红色的头顶了。东东将老鼠窝朝着倩倩红色的靶心丢了下去，它们却掉在了倩倩的面前。东东拿头撞了一下铁架子，来表达对自己的失望，他一定期待这些粉色的小老鼠像冰雹一样纷纷砸在倩倩的头上，然后把她吓得尖叫大哭的样子，这可能会是整个寒假最有趣的事情了。

倩倩抬头朝她旁边的树上看了看，并没有发现什么异样，然后蹲在地上，盯着那几只在雪地里蠕动的小老鼠，她没有害怕，也没有尖叫，更没有用脚去踩死它们。她摘掉了帽子，将这些粉色的小家伙一只只捡起来放在里面，然后将帽子捧在手中，快速地向楼洞跑去。我和东东慌慌张张地从铁架子上爬了下来，我们连商量都没有，就达成了共识——跟踪倩倩。

倩倩家门口摆放着一个鞋架，最下边一层是几个落满灰尘的鞋盒,倩倩打开了其中一个,从里边拿出来一只黑色的男士棉鞋,将这些小老鼠放进了鞋里,又把鞋子放进了鞋盒,小心翼翼地摆放回原处。倩倩拍了拍手,又拍打了几下她的帽子,戴回头上,敲了敲门,发现她妈妈还没回家,就用钥匙把门打开,进屋去了。

东东几乎忍不住他那邪恶的笑声了,他的鼻子发出嘶嘶的声音,被流出的鼻涕包裹成一个气泡,在鼻孔附近越来越大,直到爆炸。他向我做出手势,意思是跑到倩倩家门口去,我朝他摇了摇头,这时门又被打开了,倩倩手里拿着一个小碟子,她伸头向楼下看了看,一定是担心她妈妈回来了,应该没有哪个家长允许自己的小孩领养一窝肮脏的老鼠吧。她又蹲下来打开那个鞋盒,将手里拿着的小碟子放了进去,倩倩观察了一下,用手指在里边拨弄着,嘴里轻声说:"喝点牛奶吧。"没一会儿,她就皱起了眉头,拿起小碟子,又把盒子收好,起身回到了屋里。

东东兴奋得就要躺在地上打滚了,他憋得满脸通红,连话都说不出来,最后他平复了一下自己的情绪,做了几个深呼吸,在我耳边说:"她竟然喂老鼠喝牛奶。"他重复了好几遍,仿佛这是一个天大的笑话,他的口水不断喷在我的耳朵上,我将他推得离我远一些。

倩倩又从屋子里出来了,这次她手上拿着一个眼药水瓶,里边有白色的牛奶,她蹲下去,打开盒子,将眼药水瓶伸进盒子里,过一会儿,她满意地笑了起来,大概是因为小老鼠们终于可以喝到牛奶了。

东东一个箭步从楼梯拐角冲了过去,大声说:"你在干什么?"

倩倩吓了一跳,坐在了地上,手上的眼药水瓶也扔到了一边。我也跟着东东走了过去,因为我真的很想看小老鼠是怎样从眼药水瓶里喝牛奶的。倩倩站了起来,一看是我,就对我笑了笑说:"我在雪地里捡到了几只小老鼠,它们太小了,还不会吃东西,但是这样它们就可以喝牛奶了。"她一边说着一边演示了起来。

小老鼠们互相挤来挤去,倩倩将眼药水瓶细小的嘴对准某只小老鼠的嘴巴,小老鼠含着眼药水瓶的细嘴,就吮吸了起来。倩倩满足的笑容就像是一个称职的妈妈,连冻得流鼻涕的我此刻都忍不住想要变成一只小老鼠,躺在温暖的棉鞋里,喝着牛奶,沐浴着倩倩暖洋洋的笑容。她将眼药水瓶递给我,想让我也玩一玩喂老鼠的游戏,我正准备伸手接过来的时候,东东用脚尖踢了一下那个鞋盒,小老鼠们纷纷跌倒,滑向了棉鞋的角落,吱吱叫着。

东东装腔作势地说:"我要告诉你妈妈,你偷偷养了一窝老鼠,你这样会让整栋楼都闹鼠灾的,老鼠是四害,会传播很多疾病，我们要消灭它们，你难道不知道吗？"

倩倩的眼睛顿时起了一层雾，仰着头对东东说："求你不要告诉我妈妈。"

东东哼了一声，一副正义凛然的样子，然后又忽然蹦蹦跳跳，嬉皮笑脸地说："那我们有什么好处呢？"

倩倩抹了抹眼睛，说等一下，就转身进了屋里，她拿着几个大大泡泡糖出来了，说："就剩这几个了。"

东东一把抓了过去，拆开一个就嚼了起来，他吹了一个很大的泡泡，爆炸的声音吓得倩倩退后了几步，他又伸出他那脏兮兮的黑手说："你还有啥？"

倩倩摸了摸口袋，掏出来两张皱巴巴的两毛钱，还有一个一毛的硬币，都放在了东东的手上。东东数了数，对倩倩说："好，我们保证不把这件事告诉你妈妈了。"

东东对我做出一个手势说："咱们走！"就好像我是他的马仔一样，我有点生气，朝楼上跑去，东东跟在我的后边叫着："你干吗，你干吗，你去哪儿，你要回家了吗？"他揪着我外套上的帽子，把我的衣服拽得变了形，他往里边放了东西说："给你两个泡泡糖。"我把泡泡糖拿出来，扔到他身上说："你留着吧。"东东一脸惊愕地站在原地，然后蹲在地上一边捡泡泡糖，一边像往常一样骂骂咧咧的。我们两个每次都是不欢而散，这次我发誓再也不跟他一起玩了,为了表现我的决心,我在楼道用从教室里偷来的绿色粉笔写了一排大字"东东吃屁",写完了还不过瘾,又用红色的粉笔在旁边加了一排更大的字"东东去死"。

东东没有死,可是东东的爸爸死了。

我没有看见出殡的队伍,却看见了院门口的路上有很多黄色的纸钱。我小心翼翼地走路,避免踩在这些晦气的纸钱上。我感觉心虚,总觉得东东爸爸突然死了这件事,多少和我有点关系。我趁楼道里没人的时候用手在"东东去死"的大字上使劲划拉,可是根本擦不掉,于是我用红色的粉笔在上边乱画一通,才将这几个触目惊心的字给盖住了。

我搞不清楚到底是从哪里听到这个消息的,每一个人都在议论这件事,仿佛大家都亲身经历了东东爸爸的死亡。无所事事的退休职工们聚成一团,神采奕奕地模仿东东的爸爸,模仿东东,这些老年人一直擅长从悲剧中汲取力量,瞬间年轻了好几岁,而东东的爸爸在他们的描述中不停死去,死了成百上千回。我已经被他们搞糊涂了,总觉得是和全厂的工人和家属们坐在台下参与了一场盛会,而东东和他的爸爸站在舞台上表演,圆形的聚光灯将他们锁定在舞台的中央。他的爸爸打他,扇他,骂他,踢他,摇晃他,扬起的尘土在聚光灯中飞舞,而东东从不反抗,像个嬉皮笑脸的小丑,这令他的爸爸更加发狂,两眼圆瞪，布满血丝，眉头紧锁，脑门上堆起厚实的皱纹，太阳穴附近的青筋凸起，一跳一跳的，他将东东的脑袋踩在脚下，东东此刻就像寺庙里四大天王脚下的小鬼。观众们被这幅画面震慑了，屏住呼吸，而高潮就要到来，东东的爸爸忽然栽倒在地，发出一声闷响。东东从地上爬起来，遍体鳞伤，他站在爸爸的身旁，一句话都没有说，像一个反败为胜的赢家。舞台下方顿时爆发出雷鸣般的掌声。

　　我的爸爸还在坚持他那一套老的理论，他在家里大声说着："东东的爸爸是突发脑溢血死的，就是被他那混蛋儿子给气死的。说白了，那孩子就是从小给惯坏的，就是欠揍，如果是我，非把他打死不可。"爸爸凶狠地瞪着我，全然不觉得"爸爸"是一个多么脆弱的角色，光我们院里就已经死掉两个了。

　　我时常口吐白色哈气，搓动着双手，在院子里四处乱转，偷偷寻找东东的踪迹，准确地说是寻找"那个气死爸爸的男孩"的踪迹，这是他的新名字，人们已经不叫他东东了。有时候我在花坛厚厚的白雪里看到几个脚印，有时候我知道东东坐在铁架子的高处看着我，可是当我抬头看他的时候，他就扭过头去，看着远处，更不会像从前一样，从上边朝我丢点什么东西了。他穿着灰色的棉袄，戴着深蓝色的毛线帽，像是一个失去光彩的幽灵。

这个寒假真是无聊透了,像是冬夜一样漫长而枯燥。白天,爸爸妈妈都去厂里上班了,院里每个防盗门后边,都关着一个独自在家的小孩,有的在写作业,有的在看电视。而我时常站在门口,鼻子贴着防盗门往外看,却一直没把门打开,因为除了东东,我根本不知道去找谁玩。

"芳芳在家吗?芳芳快开门!"倩倩出现在了我的视线里。

我把防盗门打开了。

"芳芳,我的小老鼠们不见了。"倩倩声音颤抖着。

"走。"我在脖子上挂上钥匙,关上门,走在倩倩的前边。我知道这是谁干的,我有点兴奋,这次终于可以正大光明地接近东东了。

我走得很快,倩倩有点跟不上,她时不时就需要小跑一段。她一直在后边讲着她的小老鼠多么可爱,已经长出白色的绒毛,还张开了眼睛。我们先在院子里转了一圈,没有什么遭到破坏的痕迹,然后又抬头巡视了每一棵树和每一个铁架子,除了看到几只麻雀,根本没有发现东东的踪迹。接下来我就要向上爬了,好站在围墙上四处瞧瞧,我注意到倩倩又穿着那身"小大人"一样的红色呢子外套,像是只有过年过节才会拿出来穿的衣服,根本不适合这么爬来爬去。我说:"你在这儿等着吧。我上去看看。"

"我也去。"倩倩不听劝告,执意跟着我。

倩倩爬得很慢,不像我这么轻车熟路,当我站在围墙上的时候,她才爬了三分之一,一只手抓着铁架子,另一只手在使劲揉着眼睛,想必是我爬的时候,碰掉的那些红色铁锈,落在了她的眼睛里。我四处张望了一下,右边的拐角处有烟冒出来,可是从我这个角度看不到下边是什么情况。我一把将笨手笨脚的倩倩拉上了围墙,朝着冒烟的方向走了过去。我们顺着围墙外边的铁架子向下爬,满地的枯枝和厚厚的落叶,走起来嘎吱嘎吱响,一股发霉的味道扑面而来,像是来到了另一个世界。说实话我也是第一次来这个地方,这儿完全就是一个无人问津的垃圾堆,我们路过一个露着棉花的破娃娃、一只黑色的胶鞋、一个破了洞的搪瓷洗脸盆,还有一只死掉的野猫,它的嘴唇腐烂了,露着尖锐的白牙,看起来面目狰狞。倩倩的两条胳膊紧紧地贴着身体,肩膀耸着,和我寸步不离,我可以听见她急促的鼻息,我们顺着红色砖块组成的围墙向前走,很快就到了拐角处。不出所料,东东正蹲在墙角,来回拨弄着火堆,试图让火苗更旺一些,他的头发比以前长了一些,火光映着他的脸庞,让他的脸变成了橘色,看起来有点陌生,可我还是一眼就认出他了。

"东东,你偷了倩倩的老鼠吗?"我上来就摆出一副义正词严的样子,来掩盖自己的心虚。我不知道怎么安慰东东,也不知道东东是不是真的需要安慰,也许他早就盼着他爸爸去死呢。

"东东,你偷了我的老鼠吗?"倩倩重复了一遍我的问题。

东东歪着嘴巴笑了笑,抬起眼睛看着我俩,火光让他的眼神看起来邪恶极了。他慢悠悠地站起来,手从火堆上拿起一串黑黢黢的东西,伸到我们面前说:"给,你的老鼠,快尝尝吧。"说完他就哈哈大笑起来,笑得蹲在了地上,笑得站不起来,笑得必须扶着墙才能保持平衡。

倩倩的小老鼠们被整齐地插在一根自行车车辐上,它们早就不是什么粉色的毛茸茸的小玩意儿,变得鼓鼓的,又黑又焦,仔细辨认才可以看出来眼睛、鼻子、嘴巴和尾巴,那副模样比刚才在路上看到的死猫还要凄惨,让人不想再多看一眼。

倩倩的眼睛里噙满了泪水,在火光的照耀下,像两团摇晃的火苗。她扭脸跑掉了,还没跑多远,就又冲了回来,像一枚红色的导弹一样,直接向东东冲去。东东本来就没有站稳,一下子被倩倩扑倒在地上,他手中的烤老鼠串也掉在了火堆里,很快就燃烧了起来,变得通红。倩倩一边拉扯着东东的衣领、帽子、袖子,总之是能抓到什么就抓什么,一边用她的小拳头在东东身上乱砸。而东东一边大笑,一边大叫着:"我不打女人!我不打女人!"仿佛倩倩不是在打他,而是在和他闹着玩,挠他的痒痒肉一样。我也加入了进去,一会儿拉扯东东,一会儿拉扯倩倩,嘴巴里喊着:"别打了,别打了!"可是怎么都拉不开,我们三个扭成一团,在厚厚的落叶上打滚,身上沾满了枯枝和叶子的碎片。过了一会儿,大家都累坏了,气喘吁吁地停了下来,不再拉扯。

倩倩站起来,指着火堆对东东说:"你可能不知道,你刚刚烤死的说不定就是你爸爸。"

"我爸爸已经死了,在火葬场就被烧成灰了。"东东也站了起来,在火堆的对面和倩倩对峙着,好像这个火堆可以保护自己,防止倩倩随时向他扑过来一样。

"你爸爸死了以后说不定就变成老鼠了!"倩倩歪着脑袋,摆出一个自信的微笑。

"你爸爸死了才变成老鼠了!"东东急了,向前挺起胸脯,像条被链子拴着的猎犬。

"可惜我爸爸没变成老鼠,变成小麻雀了。"倩倩继续左右摇晃着脑袋,一副自信的样子。

"傻子,神经病吧你。"东东露出讥讽的表情,然后看着我,仿佛在等待我的认同。

这里只有我还有爸爸,对于爸爸死了以后会变成什么这个问题,我还真没有考虑过。但是我相信在爸爸死了这件事上,东东显然还是个新手。

"你们不信是吗？那跟我来。"倩倩一副胸有成竹的样子，好像掌握着什么生死的秘密。

"等一下，我先把火弄灭了。"东东折腾了老半天，才扑灭了火苗，最后又对着余烬撒了泡尿，这才算完。

倩倩走在前边，东东紧跟其后，而我走在最后边，看着东东蹦蹦跳跳的蠢样子，我的心情也变得轻松起来。

"去哪儿啊？"东东一边爬铁架子，一边问。

"去我家啊。"倩倩向着下边回答。

"你妈在家吗？"东东又问。

"我妈上班了啊。"倩倩又停下来回答。

"那行。你能不能爬快一点啊！"东东和我都抱着铁架子，等着倩倩慢慢往上爬。我们三个从远处看起来，一定像是铁架子上结出的果子，只有一个红彤彤的看起来甜美可人。

到了倩倩家门口，倩倩停了下来，开始摘我身上沾着的树枝和枯叶，又拍了拍我屁股上的灰，接着轮到了东东，我们两个一起把他打扫干净，他咯咯笑着，像蛆一样扭动着身体。最后我把倩倩头发上的脏东西一个个揪掉。倩倩打开防盗门，一股热浪和香气扑面而来，我使劲呼吸着，就像一下子从萧瑟的冬天来到了春日的花园。这是我第一次来倩倩家，也是第一次被其他的小朋友邀请进屋。倩倩不但邀请了我，还邀请了东东这个恶魔，她一定是疯了，我这么想着，像贼一样走得小心翼翼，一点声音都没有。

　　她们家比我想象的还要干净，漂亮又温馨，每一个家电上都搭着白色的刺绣蕾丝布，水泥地面光滑而明亮。东东倒是没把自己当外人，他四处打量，什么东西都拿起来看看又闻闻，他进了厨房，又进了厕所，他打开冰箱，将脑袋伸进去看了看，像侦探一样。客厅的墙上挂着倩倩爸爸的遗像，把我吓了一跳，这是我第二次见到倩倩的爸爸，上次见他还是一个活生生的大人，这次就变成一个灰色的头像了，虽然倩倩的爸爸看起来年轻又亲切，可我还是不愿意再和他对视一次，我总是无法抹去脑袋里那个残缺不全的拼图。东东倒无所谓，他径直走过去，抬着头盯着倩倩爸爸的遗像看了一会儿，然后煞有介事地鞠了个躬，一定是他最近才学会的。

　　倩倩走进了她妈妈的卧室，叫我们赶紧过去，这个卧室连接着一个阳台，屋子中央是一张双人床，淡粉色的成套床品又香又软，东东像跳进游泳池一样扑进了床中央，可我连坐都不敢坐，生怕把这漂亮的床给弄脏了。倩倩坐在床头，拿起床头柜上一个圆形的刺绣摆件，上边绣着两只可爱的小麻雀站在树梢上，一只歪着脑袋向前看，另一只侧身站着，正勾着脑袋整理褐色的羽毛。

倩倩说:"这是我爸爸妈妈度蜜月的时候,在苏州买的苏绣。我爸爸死了以后,妈妈每晚都看着这幅刺绣偷偷掉眼泪。"

我和东东凑过去认真看着这幅刺绣,东东抓起来,前后左右都研究了一番,然后抬起头说:"就让我们来看这个玩意儿,你的意思是,你爸爸变成了这幅画里的一只小麻雀?"

倩倩从东东手里将那个刺绣摆件抢了过来,又放回原处说:"当然不是,我说的可是真的麻雀,会飞会叫的。"她说完站起来,走到阳台门口,打开了阳台的门,示意我们一起出去。

阳台地上堆放着几个空的花盆,角落里摆放着一些装着杂物的纸箱,水泥围栏上放着一个大盘子,周围有很多鸟屎。倩倩进屋抓了一把大米撒在盘子里,她说:"我每天都撒一些大米,他早上和傍晚都会准时来吃的,有时候是他自己,有时候是一群,我觉得我爸爸已经交到不少朋友了。"

"你凭什么觉得你爸爸变成一只麻雀了?"东东觉得倩倩说的话并不能证明什么。

"我爸爸刚刚火葬完第二天,妈妈出去办点事,我自己在家,阳台的门没有关,也不是这样大敞着,就是留着一个缝,我忽然听见扑腾扑腾的声音,从阳台的门缝飞进来一只小麻雀,它在屋里巡视了一圈,我抬着头跟着它在屋子里跑,它落在了我妈妈的床头柜上,就是这幅刺绣的位置,我刚跑过去,它就又飞了起来,在客厅转了一圈,落在了我爸爸遗像的画框上边,站了老半天,我嘴巴里发出嗒嗒的响声,就是用舌尖不断碰着上颚发出的声音,我见过我爸爸总是这样逗动物。"倩倩停下来,教我们发出那种嗒嗒的声音,我们很快就掌握了。

她继续说:"我伸出一只手,并不是要抓它,就是伸在空中,嘴巴里发出嗒嗒的声音,希望它可以落在我的手上,让我好好看看它。这只小麻雀好像可以听懂我的意思一样,真的从我爸爸的遗像上飞下来,落在了我的食指上,它歪着脑袋看着我,就和那幅刺绣上的一只麻雀一模一样,我当时就哭了,我知道这只麻雀就是我爸爸变的。他变成了一只小麻雀回来看我,它的脖子上有一圈白色的羽毛,脑袋圆圆的,胸前有一小块灰色羽毛,总之我一眼就可以认出它来。我们就这么对视了一会儿,小麻雀飞起来了,从阳台的门缝飞了出去。从此以后,他每天都会回来看我的。"

我和东东沉浸在倩倩讲的这个故事里,老半天没有回过神。倩倩站在水泥围栏前,伸着手,嘴巴里发出嗒嗒的声音,可是一只麻雀也没有飞过来。倩倩有点扫兴地说:"可能我爸爸不希望别人知道这个秘密。"

倩倩带我们进屋,轻轻关上了阳台的门,由于刚才一直敞着门,屋里的温度降低了不少。倩倩挡在了东东面前说:"你明白我的意思了吧,你爸爸说不定变成了一只老鼠,就是你烤死的那一只。"

"我爸爸才不会变成老鼠的!他变成……他也变成一只麻雀了!"东东说完低着头,试图从倩倩旁边绕过去。

我和倩倩同时问:"为什么?"

东东向防盗门走过去,快到门口的时候扭过身子说:"就这么定了,附近麻雀那么多,一定有一只是我爸爸。"

忽然响起一阵钥匙开门的声音,东东立刻退后了几步,直挺挺地站着,不知所措,像是被警察的手电忽然照到的逃犯一样。而我也吓得退到了倩倩的身后。倩倩的妈妈一进屋就看到了我们俩,她一点都不惊讶,笑眯眯地说:"东东和芳芳来了呀,你们继续玩。"

倩倩的妈妈脱掉了大衣,和单肩包一起挂在了衣架上,她看我俩一动不动,又走过去揽着东东的肩膀,一起朝客厅走过来说:"你们饿了吗?我去做点好吃的。"

倩倩拉开抽屉,拿出来一盒大富翁,开始在桌子上摆起来。我由于太过紧张,连"我要回家了"这样拒绝的话都说不出来,我相信东东和我一样。我们像是擅自闯入别人家又被现场抓住的罪犯一样,坐在板凳上惊魂未定,任由倩倩摆布,她一边教我们怎么玩,一边疯狂盖房子,大把赚着我们的过路钱。厨房的抽油烟机嗡嗡作响,时不时传来菜下锅的声音,还有诱人的香味,倩倩忙着掷骰子和收钱,和之前那个多愁善感的倩倩判若两人,而倩倩的爸爸一直在墙上亲切地注视着我们,我一直找不到一个好的时机离开,就这么牢牢地被粘在椅子上了。

倩倩的妈妈为我们一人准备了一杯热果珍,一小碟水果拼盘,一半是苹果,一半是橘子,都切成了小方块,上边插着牙签,还有一大盘炒通心粉,粗粗的拐弯的管子状,上边有细细的条纹。我早就想吃这个东西了,副食品商店有论斤卖的,有螺旋状的、海螺状的、直管状的……和我之前吃过的所有面条都不一样,实在是有趣极了,可是我妈妈说这是塑料做的,从来不给我买。

倩倩的妈妈也坐下来,手上拿了一张纸,擦着她的口红,她看我俩都傻呆呆地坐着一动不动,笑着说:"你们快吃啊,一会儿就凉了。"

东东拿着一根筷子,插进通心粉的洞里,然后举起来观察了一会儿,满腹狐疑地放进嘴里嚼了嚼。倩倩也学着这么吃,她在筷子上插满了通心粉,然后像是吃羊肉串那样,大家都笑了起来,气氛顿时轻松了不少,东东又将通心粉插在他的小拇指上吃,倩倩则不服气地插满了五个手指头。倩倩的妈妈用温柔的目光看着我们每一个人,我一会儿吃水果,一会儿喝饮料,一会儿用各种胡闹的方法吃通心粉,觉得自己就像个皇帝。

临走的时候,倩倩的妈妈将我们送到了门口,拍了拍东东的脑袋说:"有空还来玩,阿姨还给你们做通心粉。"东东忽然害羞了起来,两只手插在口袋里摸索着,像是藏着什么偷来的东西。我知道他偷了什么,从那天开始,他就坚定地认为自己的爸爸变成了一只麻雀。而我是哼着歌一蹦一跳回家的,胸前的钥匙跳得太高砸到了我的门牙,我的内心充满狂喜,在踏进家门之前,几乎忘了自己是谁。

爸爸妈妈正低头吃着鸡蛋番茄面条,爸爸呼噜呼噜地将筷子上的面条都吸进了嘴里,腮帮子鼓鼓地说:"小兔崽子怎么这么晚才回来?去哪里疯了?"

妈妈放下碗筷,正准备站起来给我盛面条,爸爸用筷子比画了一下,意思是让妈妈坐下,他接着说:"让她自己去盛,又不是小孩了!"

我一边换鞋一边说:"我吃过了。"

爸爸顿时来了精神,一脸讥讽的笑容:"小兔崽子混得不错啊,都有地方混饭吃了!下次别忘了带上你爸爸啊!"

妈妈面色阴沉地问:"去谁家吃饭了?"

"我下午去倩倩家玩,倩倩妈妈给我们做了通心粉,还喝了果珍。"一想起自己刚刚品尝了来自意大利的奇怪食物和来自美国航空局的太空饮料,我就得意得失去重力,飘浮起来。

妈妈刚举起饭碗,就又摔在桌子上:"你干脆住在那个狐狸精家吧,好让她天天喂你吃塑料喝色素,把你爸爸也带上啊!"

爸爸也把碗摔在了桌子上,用筷子指着妈妈说:"你神经病吧!"

他们绞尽脑汁,互相讥讽,没吃完的面条渐渐吸走了碗里的汤汁,凝固成一团。我悄悄地翻进自己的小床,将脚伸在吊桥上,我的手心还有一点倩倩家的香味,我将鼻子埋在两只手掌支起的小空间里,慢慢呼吸,任凭又香又软的梦将我托起,我面带微笑,越升越高,渐渐地听不见他们的争吵声了,他们被我抛弃在地球,被我驱逐在梦境之外,越来越小,直到消失不见。

5

清明节下了几天雨之后,我的身体就如同沉寂一冬的枯枝一般,开始发生变化。我每天喝很多水,吃很多饭,仍然时常感到饥饿。脂肪开始在我的皮肤和肌肉之间布满,我的身体变得湿润而柔软,胸脯像两个难以掩盖的秘密一般,变得更鼓了,我只好将穿在里边的背心使劲拉紧塞在裤子里,好把它们压扁。我不再像以往一样四处狂奔、横冲直撞,因为怀里揣着两只甩不掉的肥兔子,它们蹦蹦跳跳,令人沮丧,我学会了含胸驼背地走路。倩倩从不在乎这些,她每次见到我和东东,就大声叫着我们的名字,从远处狂奔过来,撞在我们身上,她上下跳动的两只兔子不但吸引着我的目光,也牢牢地吸引着东东,他新长出来的喉结上下滑动了几下。

  我们三个成了一个奇怪的组合,而倩倩家就是我们的据点。倩倩显然为交到了两个新朋友而高兴,她忙于组织各种无聊的游戏,我和东东在倩倩爸爸的亲切注视下极力配合着,并且努力从中找到乐趣。很快大富翁、飞行棋、跳棋、扑克牌这种几乎不用动弹的游戏已经不足以释放我们用之不尽的精力。倩倩让我们组成家庭,她和东东扮演父母,我来扮演孩子,而她的娃娃扮演我的妹妹们。东东用吸管假装香烟,他几乎一直都在旁边扮演一个使劲抽烟的父亲,我们可以听见他快速吸气吐气的声音,直到他感觉头晕需要暂停游戏。我和倩倩给她的娃娃们喂饭,将塑料娃娃的衣服扒光,放在盆里给她们洗澡,再放在床上盖着被子睡觉,有时候我都怀疑我扮演的到底是一个孩子还是一个保姆。东东趁倩倩不注意,将一个娃娃的脑袋、四肢都拆了下来,当我也准备这么残害我的这些塑料妹妹时,倩倩发现了，她一边模仿一个妻子责备她的丈夫的口气："你怎么能把咱们孩子的脑袋揪下来呢？"一边又将娃娃组装了起来。

还没一会儿，我们就厌倦了这个游戏，倩倩又有了新的主意，来演正在热播的电视剧——《新白娘子传奇》，我扮演许仙，东东扮演法海，而倩倩来扮演白娘子，并且，她还是导演。我们反复排练着白娘子被法海关进雷峰塔的那一集，倩倩用一条白色的纱巾系在头上，我拒绝了她要在我脑袋上缠上一个灰色布条的请求。我和倩倩像是被一群隐形的和尚拉扯着，被迫分开，各自伸出来一只手，渐渐地，手指抓不住对方了，嘴里深情叫着官人和娘子，东东一手举着扫把，一手端着碗，脑袋上戴着买生日蛋糕送的那种纸做的皇冠，装作法海的样子，嘴巴里念着"南无阿弥陀佛"。我们的年龄已经不能再让我们长时间沉浸在这种愚蠢的游戏里了，特别是我每次看到扮演成法海的东东，就忍不住笑出声来，倩倩看我和东东毫不投入的表演，叹了口气，一屁股陷进沙发里，用遥控器打开了电视机。

电视里正在放着《动物世界》，介绍非洲大草原的织巢鸟，东东顿时来了兴致，他坐直了身子，看着我俩说："清明节的时候，我和妈妈去陵园扫墓，我爸爸墓碑旁边的松树上飞起一群小麻雀。我们扫完墓走的时候，我扭头看见一只小麻雀正在我爸爸的墓碑前边啄食地上的食物渣子呢，我就知道那是我爸爸，我说我爸爸变成一只小麻雀了吧！"东东得意地嘿嘿笑着。

倩倩也不甘示弱，她抬头看了看表说："再过五分钟，我爸爸就要来吃饭了，你们等着瞧。"为了不将倩倩的爸爸吓跑，我们都躲在阳台的窗户后边，果然没一会儿，飞来几只小麻雀，开始啄食倩倩撒在盘子里的大米。倩倩指着其中一只小声说："看见没，那只就是我爸爸。"我仔细看了看，实在是看不出这几只麻雀有什么区别。

东东和倩倩展开了一场关于"爸爸变麻雀"的竞赛，这本来就是倩倩的秘密，我们对此深信不疑，可是自从被东东偷走之后，他就一直致力于让我们信服——他的爸爸已经复活了，也变成了一只麻雀，而不是什么被烤熟的小老鼠。东东学着倩倩的样子在他们家的阳台上放了一个大盘子，每天都在里边撒上大米，他相信他的爸爸也会回来看他的。倩倩则改善了她爸爸的伙食，现在不仅仅是撒上大米，她还制定了一周的食谱，周一是小米，周二是面包渣……周日是各种混合的谷物，每天撒的东西都不一样，据她所说："我的爸爸很开心，领来了更多的朋友，而且待的时间也更长了。"

东东说他每天都可以看见他的爸爸，在上学的路上，在操场上，甚至坐在教室里也可以看见他爸爸站在窗户外边的树上看着他呢。他说他梦见了爸爸在自己的头顶做窝，用嘴巴啄他的鼻子,还可以说人话骂他,东东模仿了那种奇怪的声音,就像鹦鹉学人说话那样:"小心我揍你!"东东接下来又恢复了自己说话的声音:"其实我爸爸有时候对我也挺好的,他给我洗过脚,你们一定都不敢相信吧。我的脚太脏了,那盆热水很快就变成了黑色。"东东说完就在沙发上伸展着身体,一脸惬意,仿佛脚丫子正浸泡在热乎乎的水里。我的确无法想象那个暴虐的爸爸会俯下身子给这个混蛋儿子洗脚的画面,就像我无法想象我的爸爸会给我系鞋带一样,我觉得弄不好是东东记反了,或者只是他在胡说八道罢了。

东东像一个侦探一样搜集各种各样微小的证据,又像一个骗子一样虚构了很多离奇的情节。这一切都在消耗着他的精力,让他几乎无暇作恶了,他在周一上学的路上追上我俩说在阳台上发现了一些鸟屎,而那些大米已经消失不见了。他在周三的时候说他听见了麻雀的叫声,只是跑到阳台的时候,麻雀全都飞走了。他在周五的时候就像公布什么天大的消息一样,对我们说:"我看见我爸爸了,他站在盘子里,和我对视了好长时间。"而周末他就迫不及待地把我们叫到他家,邀请我们一起观看这个奇迹——他的爸爸也来看他,跟倩倩的爸爸一模一样。

东东的家里散发着一股奇怪的味道,有点像是药房,屋子里黑黢黢的,厚重的窗帘全都拉着,即使这样,也可以感受到他的家里杂乱不堪。衣柜门打开着，有什么衣服耷拉在外边，抽屉也有的被拉开了，像是刚遭到小偷的洗劫，各种鞋子散落在门厅，走路的时候一不小心就会踢到什么东西，或者把桌子上的东西碰到地上。为了不吓到刚变成麻雀的东东的爸爸，我们趴在阳台窗户后边，掀起窗帘的一个角等待着。而东东站在阳台上，伸出一只手，期待他的爸爸站在他的手上，就像倩倩说的那样。时间一分一秒地过去了，一只麻雀也没有飞过来，东东的胳膊快要坚持不住了，微微颤动着，而我们也失去了耐心，推开了阳台的门走了出去。东东有点气急败坏，抓起盘子里的大米朝着对面的大树扔去，一群麻雀呼啦一下飞了起来，转了一圈，落在了更远的一棵树上。

接下来的几天，东东很少露面，不知道在偷偷忙着什么。天气越来越热，倩倩的妈妈冻了一些牛奶冰棍儿，实际上就是牛奶和糖，可是将它们冻成冰棍儿就忽然变得好吃极了。每天下午上学的时候，我都可以去吃上一根，我和倩倩一边舔着冰棍儿，一边在路上走着，热乎乎的风吹进衣袖，掀动倩倩的裙摆，也吹动着路边法桐树巨大的树冠，沙沙作响，地面上有晃动的光斑，我们的舌头冰凉，嘴唇亮晶晶的，吐出香甜的气息，随便说什么话，都能咯咯笑半天，我为拥有了一份真正的友谊而感到满足，我忘了胸前的那两只兔子，和倩倩追逐起来，我们笨重的书包拍打着后背,书本和文具盒在书包里晃荡着。

东东就在这样的时刻出现在我们的面前,他两只手扣在一起,捧在胸前,像是藏着什么会发光的宝物,他努力控制着自己的表情,这让他显得神秘而得意。当我们站在他面前的时候,他缓慢地打开了双手,他的手心出了很多汗,一只小麻雀扑腾着翅膀,跌跌撞撞地站起来,小麻雀的一只细小的脚被拴上了一根绳子,绳子的另一端系在东东的手指头上。东东将小麻雀举得更高,和他的视线平行了,东东看着小麻雀,又将小麻雀的脑袋对着我们,用那种鹦鹉学人说话的声音说:"大家好,我是东东的爸爸。"小麻雀使劲地扑腾起翅膀,歪在东东的手心,怎么都站不起来,我手里的牛奶冰棍儿在融化,手指头开始变得黏糊糊的。

东东囚禁了"他的爸爸",可是"他的爸爸"性情倔强,只会疯狂地扑腾翅膀,声嘶力竭地乱叫,还没两天就绝食而死,伸直了爪子,倒在鞋盒里。这对东东的打击很大,我们在周末参加了葬礼,东东一边抽泣,一边恶狠狠地瞪着那只可怜的麻雀,不知道他是无法原谅这只不争气的麻雀,还是无法原谅他爸爸在短短的时间里,就在他手上死掉了两次。我从来没有见过东东流眼泪,据小区里的老年人说,东东爸爸葬礼的时候,东东都没有哭一声,全程面无表情,像个没睡醒的呆子,一个典型的、无可救药的不孝子,这又一次满足了人们的期待,东东从来不让人失望。

东东将这只麻雀埋在了院里一棵粗壮的泡桐树下,他用脚将土踩实,又用木棍做了个可笑的十字架插在上边,不知道是从什么电影上学来的。他双手合拢,闭上眼睛,嘴里念念有词,就是他扮演法海时的台词"南无阿弥陀佛",然后像拜佛一样拜了几下。

倩倩拍了拍他的肩膀说:"我还没来得及告诉你,昨天晚上我爸爸托梦告诉我的。"倩倩清了清嗓子,转换成鹦鹉说人话的声音,模仿着给她托梦的爸爸,"东东的爸爸也变成一只麻雀了,我们俩时常在一起,你告诉东东,他抓到的那只不是他的爸爸,他爸爸好着呢。"

东东扭过头说:"你骗人!"

倩倩继续说着:"你不信拉倒,我爸爸还说了,咱们厂里的人死了以后都会变成麻雀的,你没发现咱们院里麻雀特别多吗?"

东东环视了一下四周,眼前的这棵泡桐树上,麻雀叽叽喳喳地跳来跳去,而不远处的电线上也站着几排麻雀,像是五线谱上的音符,还是节奏欢快的那种。东东破涕为笑,黏糊糊的鼻涕又被鼻子吹起一串泡泡。

我们跟着东东爬上楼顶,这是他新开发的秘密基地。六楼的楼梯间竖着一把木头梯子,房顶上有一个小铁门,我以前也爬上过梯子,可是小铁门上着锁。不知道东东怎么做到的,总之那把锁不翼而飞了,他推开小铁门,我们的头顶上立刻出现一小块方形的蓝天。东东在最前边,我在最后边,倩倩在我们中间,我一抬头就可以看见她裙子下边的粉色内裤。东东将倩倩拉了上去,大叫了一声:"欢迎来到月球。"我的脑袋伸出小门,露在楼顶上,黑色的沥青被太阳晒得又热又软,散发着一股臭味,远处的一切都在沥青表面的热浪中扭曲变形,东东拉了我一把,我也成功登上了"月球"。

楼顶上除了一些碎石,什么都没有,连护栏都没有,就是一个光秃秃的落满尘土的黑色平面,它升在半空中,和周围一点过渡都没有,甚至给人一种中间高、周围低的错觉,如果闭着眼睛走路,有可能一只脚还在楼顶,而另一只脚已经踏空了。我们仿佛站在一个虚构的地方,站在这整栋楼,由每一个小房间所组成的日常生活之上,它们散发着温热的臭气,令人眩晕,这简直是噩梦里才会出现的地方,怪不得那个小铁门永远都锁着,我心里想着,我们以前爬铁架子、翻墙、在围墙上走路,没有一样能和现在站在这个可怕的地方相提并论。

东东在楼顶中央蹦蹦跳跳,跑来跑去,翻跟头,打滚,做着各种各样的怪动作，表演给我们看。我和倩倩站在原地，四处打量，几乎不敢挪动一步。东东看我们胆小的样子，就像是受到了更大的鼓舞，他笑嘻嘻地用眼睛瞟着我们，然后慢慢地走到了楼顶的边缘，他勾着脑袋向下看了看，朝下吐了点口水，又扭过头对我们做着鬼脸。我听见倩倩使劲吸了一口气像是要大声喝止东东，我抓住倩倩的手，小声说："你不要吓到他了。"

我将另一只手伸向东东说："你别吓人了，快点过来吧。"我的语气像是在劝一个想要跳楼的人。

东东嬉皮笑脸地说："你们过来，过来看看嘛。"他也伸出一只手。

也许是因为吸入了太多沥青散发的毒气，我的脑子发蒙，我和倩倩的双腿显然已经被东东说服了，正一点一点朝着他的方向走过去，直到我的手拉住了他那粗糙的脏手。

东东说："你们看看嘛，你看他们都变小啦，还没我的手指头大呢。"东东看我们不敢再向前一步，于是退后了两步，这样就和我们并排了，东东趴在了地上，像只狗一样，他扭着脑袋说，"你们如果害怕的话，可以爬过去，趴在地上往下看，这样就很安全了。"他向我们演示着，爬到楼顶边上，然后趴在地上，只有脑袋伸在外边。

我和倩倩也蹲了下来，跪在地上，双手支撑着地面，向边缘爬去。等到眼睛可以看见楼下的时候,我的双腿一软,趴在了地上,就像东东说的那样,只有脑袋露在外边,这样倒也不是那么害怕了。我的肚皮、大腿和胸脯都紧紧地贴在热乎乎的沥青地面上,我有点担心这两只被压扁的兔子会不会被烤熟了。于是我稍稍用胳膊肘将上半身支撑起来一点。东东不停地朝楼下吐口水,真不知道他为什么可以分泌出来那么多口水,有时候风将他的唾沫星子刮在了我们的脸上。

我大声说:"东东,你恶不恶心啊!"

倩倩腾出一只手抹了抹脸说:"你不要再吐了,真是恶心死了。"

东东得意地说:"我前两天还站在这儿,对楼下撒过尿呢。"

我想起以前走在路上,每次感到不明液体落在身上,爸爸都会说这是小鸟在撒尿呢。

我们三个的脸蛋红扑扑的,不知道是被太阳晒的,还是被沥青烤的,我幻想如果此刻有路人向上看,一定会因为看到三个小脑袋而大惊失措的。

看了一会儿楼下,觉得无聊,我很快就习惯了这种高度,也不再觉得头晕腿软,我翻过身子,仰面躺在楼顶,两只手垫在脑袋底下,眼前是一望无际的蓝天,比楼下不知道好看多少倍。倩倩和东东也翻了过来,我们就像是楼顶晾晒的三条咸鱼,翻了翻面。

"啊！"我刚想感慨点什么，却发现自己根本就没想好。

"啊！蓝天！"东东学着我的语气说。

"啊！白云！"倩倩也接上了。

"当一只小麻雀确实不错。"我看见楼顶的另一端飞过来一群小麻雀，不知道是不是因为看见了我们三个闯入者，很快就飞走了。

"你放心，倩倩不是说了吗，我们早晚都会变成小麻雀的。"东东跷起二郎腿，抖动着他的一只脚，看起来很坦然。

"东东，你以后会干什么啊？"倩倩看着天空发问。

"我要当警察！"东东一个鲤鱼打挺，从地上蹦了起来，他手上抓着幻想中的枪，对我俩开始射击。

"你当不了警察的，当罪犯还差不多。"我说，我觉得自己有时候刻薄起来和妈妈很像。

"芳芳呢？"倩倩翻过身子，朝着我的方向，全然不顾她的白裙子在地上蹭来蹭去，可能已经脏得洗不出来了。

"我还没想好呢。"我确实没想过这个问题，不过我觉得长大以后当科学家、当音乐家、当总统……这类的念头实在是太蠢了。只有那种父母双全，从没被揍过的小孩才能绝不害羞地大声讲出来。屠宰场的工人？我的脑袋里闪现了一下这个职业，这好像是目前我唯一擅长的，可是说出来也一样很蠢。更何况，我现在根本不想再残杀小鸟了，也许就连鸡——我也考虑要放过它们了。

"我可是要当演员的。"倩倩显得很认真。

我觉得倩倩说得很对，她以后会和她妈妈一样时髦漂亮、热情自信的。她妈妈为什么没当大明星呢？我时常这么想。每当我看到倩倩的妈妈，看到她烫的那一头蓬松的头发，这样的疑惑，不如说是遗憾，简直要了我的小命。

6

东东爸爸的死很快就成了一个过气的话题，最大的原因是由于小区同时出了两件新的"大事"。

暑假很快就到了，那些不用上班的老年人几乎除了睡觉以外都待在外边乘凉，他们坐在阴影里，跟随着阴影一起挪动板凳，像是一种有据可循的天文仪器。他们睡觉的时间很短，让我们这些小孩有一种错觉，人到达一定年龄，压根儿就不用睡觉了，因为一大早，无论多早出门，都可以看见他们已经神采奕奕地聚成一团了。工厂即将倒闭的消息在夏日燥热的空气中不断发酵，而这些老年人就是充满活力的"酵母"，他们一边为自己早已退休感到侥幸，一边为还在上班的年轻人表示担忧。

不过最近，他们喜欢围着那辆红色的夏利小轿车，像是一群年老色衰的车模。这就是另一件大事，我们家属院出现了第一辆小轿车，它身上还挂着红色的绸带，这些绸带在车的前盖上聚成一朵大红花，让小汽车看起来像是一个还没拆封的生日礼物。它的出现立刻让周围的自行车黯然失色，哪怕是最新的一辆大白鲨踏板摩托车也没了往日的威风。

这辆小轿车的主人就是被我骂过"肥猪"的格格的妈妈，还有她那竹竿一样的老公，他们瞬间成为方圆几公里甚至十几公里的破落厂区里最富有的人。为了配得上这样的称号，格格的爸爸穿上了衬衣，打着领带，黑色的皮鞋擦得锃亮，像一个老气横秋的新郎，而格格的妈妈仿佛一夜之间更胖了，她那张肥嘟嘟的脸在太阳的暴晒下闪闪发光，我敢保证那些发光的东西绝不是汗水，而是一层油，这就叫作富得流油，我一下子明白了这个词的含义，比老师讲多少遍都有用。而格格呢，变成了一个名副其实的"格格"，她穿着红色的大裙子，裙摆是好几层纱，脑袋上扎着一朵大红花，像是一条虎头金鱼，又和这辆红色的夏利小轿车有着异曲同工之妙。当她和小汽车站在一起的时候，就像是一对兄妹。

格格的爸爸每天都下来擦车，如果运气好，更确切地说是遇上格格妈妈不在的时候,我们就可以趁机钻进车里体验一把,但是必须脱了鞋子才让进去。我们像喝醉酒的疯狂司机,光着脚丫胡乱踩着前边踏板,手一会儿抓着方向盘,一会儿抓着变速杆,一会儿按着喇叭,然后又在各种按钮上乱按一番。汽车在太阳的暴晒下像是一个烤箱,散发着皮革和塑料的味道,这也没法阻止我们赖着不走,幻想自己已经开到了十万八千里以外,直到格格的妈妈被按喇叭的声音惹恼,从楼上跑下来,把我们揪下车,她抓着我们就像抓着小鸡那么简单。接下来,她会把她的老公臭骂一顿,格格的爸爸像是犯了错误的小学生一样,站着一动不动,低着脑袋,两根食指在一起绕来绕去。家属院里几乎每一个人都坐在车上体验了一把有钱人的感觉,有的人甚至带着相机来和小汽车合影,他们将自己的小宝宝放在晒得很烫,几乎可以煎蛋的汽车前盖上,还没一会儿小宝宝就哇哇大哭起来。如果格格的妈妈负责收费的话,我觉得他们很快就可以再买上一辆。

可是这件事对于我来说,简直就是一场灾难。

这辆小轿车并不是格格家买的,没有几个人能出得起几万块钱,那是一个真正的天文数字,至少在我们这即将倒闭的厂里,还没有诞生几个万元户。这辆小轿车是格格赢来的,事情的经过很简单,比起谈论失业了怎么办,人们更愿意一遍遍地重复这件事：格格的妈妈交了两块钱,卖彩票的人举着盒子,让格格挑一张,格格的小手伸进盒子,毫不迟疑地抽出一张,撕开兑奖区,上边写着一等奖。就是这么简单!人们喜欢在最后加上这么一句。整个家属院都沉浸在一种奇特的喜悦之中,人心骚动,有点像在过节,大家在感到生活摇摇欲坠的同时,又感到新的希望,不劳而获成为可能,就摆在眼前呢,每天都可以看见好几遍。那辆红色的夏利小轿车时时刻刻提醒着大家,还上什么班,赶快去摸彩票吧。

我的爸爸激动得一夜未眠,他觉得自己已经具备了中大奖的两个条件,两块钱和一个女儿。

第二天一大早,爸爸就让我坐在自行车后座上,兴冲冲地向市中心的广场冲去,一副志在必得的样子,仿佛不是去摸奖,而是直接去领奖。广场上彩旗飘扬,大喇叭放着福利彩票如何造福人民的故事,小汽车戴着大红花整齐地排列在领奖台上,旁边还有一排排的摩托车、自行车、电视机、洗衣粉……可是爸爸根本不在乎这些,他就是冲着小汽车来的。卖彩票的长桌子前挤满了人,爸爸拉着我的手向前挤,我们连续碰见了好几个厂里的熟人。好不容易挤到了跟前,爸爸从兜里摸出来两块钱,递给卖彩票的大学生,戴帽子的大学生端起盒子,爸爸将我推到了盒子面前,卖彩票的大学生说:"小朋友来试试手气。"

我将自己汗津津的手伸进了盒子，我能感觉到爸爸期待的目光正灼烧着我的后脑勺，我不知道选哪一张，这关乎我们家的命运，可是它们看起来都不值得信赖。

我扭过头看着爸爸，他推了一下我的后背说："快点选，你自个儿选。"我犹犹豫豫地抽了一张出来，伸到他面前，爸爸着急地说："快点撕开，你来撕。"

我抠了老半天才把那个带着虚线的地方撕开，里边写着"谢谢"。我递给爸爸，他简直不敢相信自己的眼睛，看了又看。

大学生又说："要不要再买一张？"

爸爸显然没有预测到"谢谢"这样的情况，再买一张也不在他的计划之内，格格家的故事可是一发即中，他有点不知所措，人们向前涌动着，他决定先从拥挤的人群中退出来。我们俩站在松树的阴影下边，爸爸还盯着那张写着"谢谢"的彩票，仿佛多盯上一会儿，它就会变成"一等奖"。

爸爸最终还是接受了这个现实，他摸了摸两个裤兜，一共找到了十二块一毛钱。他把十二块钱捋直了，放在我的手上，语重心长地说："你去买六张彩票，你自己去！"

他可能觉得跟着我会影响到我的好运，他通过格格中奖这件事，坚信小孩天赋异禀，或者说幸运之神更容易降临在小孩身上。我抓着十二块钱，向人群中走过去，就像一头扎进大海，我几乎被挤得没法喘气,什么都看不见。当我再次看见光明的时候,做了一个深呼吸,闻见了彩票的味道,那种印刷品堆积在一块所散发出来的油墨味。我伸出我的钱,卖彩票的大哥哥在一群挥舞的手中选中了我的手,这已经耗尽了我的全部好运。我忽然感觉一阵失望,随便抓了六张,转身做个深呼吸,再次扎进人群,我终于挤了出来,在地上看见了不知道是谁被挤掉的一只布鞋。

爸爸伸直脖子望着我,我举着彩票向他跑过去。

"你快撕开看看。"爸爸迫不及待地说。

我撕开了六个"谢谢"。在撕开它们之前我就有这种预感,实际上在抓到这六张彩票的时候我就有这种预感,我甚至觉得整盒彩票都是"谢谢"。广场的大喇叭放着关于感谢的歌曲,地上扔的全是"谢谢"的彩票,我感觉这是一场关于"谢谢"的狂欢,每购买一张彩票就是向社会奉献一份爱心,收获一个"谢谢"。我被这种感恩的气氛感染了,可是爸爸并没有因此获得安慰,他将手上的七个"谢谢"扔在了我的脑袋上说:"白养你了,没用的玩意儿。"然后气鼓鼓地去找他的自行车,我跟在后边,不知道是不是对于他的养育之恩也应该说声"谢谢"。

在正午的太阳下,我和爸爸汗流浃背地找了一个小时,也没有找到那辆黑色的凤凰自行车,我仔细回忆当时,爸爸压根儿就没有上锁，可能他潜意识里认定了今天一定会摆脱这辆自行车，开着小轿车回家的，虽然他根本就没有驾照，也不会开车。爸爸身上只剩下最后一毛钱，什么都干不了。烈日下，我又渴又饿，跟在他屁股后边走了一个半小时才到家，他一路一句话也没有说，像一个易燃的鞭炮，我时刻和他保持着安全的距离。

　　这件事对爸爸的打击很大，不但没有抽中小汽车，连自行车都搭了进去。"我是一个军人，一个扛过枪的战士，不会就这么轻易放弃的"，这样的念头总是在艰难的时刻鼓舞着他。更何况他听到院子里有人说今天去摸彩票的时候，看到一个人买了一整盒彩票，足足五百张，中了一辆小汽车，还有两辆自行车呢。爸爸受到了启发，再次燃起了希望，一张中不了，一盒总能中吧！他准备赌一把，我看见他目光狂热，鬼鬼祟祟地打开那个大白兔奶糖的铁盒子，将存折揣进了口袋。

　　第二天一大早，他拉着我先去银行取了一千块钱，二十张崭新的五十元钞票，我从来没有见过这么多钱，我怀疑这一定是我们家的全部存款。爸爸对着大拇指和食指吐着唾沫，数了一遍又一遍，就像电视里的大款，钞票在他的手中快速移动，哗啦哗啦地响着，他突然像明白了上天的旨意一般停下了手上的动作，点了点头，半眯着眼睛笑了笑。

　　我抱着一盒沉甸甸的彩票，爸爸跟在我的后边，像是我的保镖，人群自动挪动出一块空间，对我们投来羡慕的目光，我竟然有那么一会儿，真的觉得自己是个富家小姐，连走路都不再含胸驼背了。我和爸爸在众人的目光中，找到了一块阴凉地，坐在地上开始撕彩票。爸爸自己碰都不碰那些彩票，他用鼓励的目光看着我，就像麦当劳玻璃窗里那些只舍得点一份，看着孩子吃汉堡的家长。撕了几个"谢谢"之后，出现了一个"六等奖"，旁边围观的群众爆发出一阵欢呼，爸爸得意地将这张六等奖的彩票握在手里，跑去领奖台兑换了一包洗衣粉。我继续撕着，写着"谢谢"的彩票越来越多，散落在我的周围，像是地上开出了丑陋的小花。爸爸的面色越来越阴沉，快和这片松树下不祥的阴影融为一体。周围围观的群众也渐渐散去了，每当我拿起一张新的彩票，爸爸就在对面念着"一等奖，一等奖，一等奖"，终于，又一张"六等奖"被我撕开了。爸爸从我的手里抽过去彩票，瞪了我一眼，跑去领奖台又抓着一包洗衣粉回来了。

撕五百张彩票可真是个体力活，我的衬衣被汗水浸湿了，右手的食指很痛，连我的脖子都因为长时间保持一个姿势而僵硬了。爸爸一会儿对我说："快一点，快一点，不要犹豫！别磨蹭！"一会儿又对我说："慢一点，你慢点，撕开之前先在心里许个愿望，你要用心一点。"我把握不好撕彩票的节奏，总是无法令爸爸满意,他离我越来越近,他的手在我的手旁边比画着,恨不得自己也撕上一张,可是他并没有这么做。盒子里的彩票越来越少,爸爸越来越激动和紧张,仿佛大奖就在这最后几张彩票里。

我说:"你撕吧,我的运气不行!"

爸爸说:"别啰唆,你快点撕!"他甚至不愿意碰到我,生怕传给我什么"大人的厄运"一样。

最后一张"谢谢"被我撕出来了,我终于呼出一口气,就像我早就料到了这样的结局一样,我已经被爸爸的期待折磨得筋疲力尽了。爸爸惊愕地看着一地被撕开的彩票,就像推开门看到满屋子都是被狗撕烂的卫生纸一样,更何况这可不是什么卫生纸,而是他的一千块钱。我就这么坐在地上,撕碎了爸爸的一千块钱,没几个小孩这么干过,即使是那些被宠坏的小公主。

爸爸终于回过了神,他似乎也明白了这个道理,一巴掌呼在我的脸上,我觉得自己闯了大祸,一巴掌都不够惩罚我的。

爸爸抱着两袋昂贵的洗衣粉回到了家。他像是寻衅一般,一进屋就将这件事告诉妈妈,从昨天晚上偷走存折讲起,他需要一场战争来释放自己,妈妈没有令他失望,很快就开始挖苦他,讽刺他,激怒他,当妈妈拎着那包洗衣粉说你这比买白粉还贵的时候,爸爸抓起那包洗衣粉,用牙在袋子上撕开一个大口,朝妈妈撒去,妈妈也不甘示弱,她抓起另一包洗衣粉撕开,朝爸爸撒过去,很快,满屋子都是白色的洗衣粉和浓烈的香味。我钻进我的小屋,将门锁上,躲在吊桥下边,生怕他们忽然回过神,向我扑过来。夜里,我做了很多梦,我的梦里装满了小汽车,遍地都是"一等奖"的彩票,我哈哈笑着,把自己都给笑醒了。我听见外边妈妈在哭泣,她的泪水混合着洗衣粉,变成了遍地白色的泡泡,清洗了整间房屋。我感觉疲惫而内疚,懒得上床,窝在角落里又睡着了,我梦见了巨大的钞票,我用一只手都抓不住它。

东东认为这是小事一桩:"偷一辆自行车不就得了,实在不行,再偷一辆摩托,或者干脆把格格家的小轿车偷来。"我们坐在楼顶,风在小腿里穿梭,我和倩倩也敢像东东一样坐在"悬崖边上"了。

"你是傻子吗?你怎么不直接去抢银行啊!"倩倩瞪了东东一眼,她的手摸着我的脑袋,像在抚摸一只小狗。

"我今天早上看电视,有一个环卫工人,在活动现场的垃圾堆里,捡到了一张二等奖的彩票,领了一辆摩托车呢。"倩倩忽然想起了什么好主意,"要不咱们也去试试吧!"

我们三个坐上了公交车,我根本不想再去那个遍地"谢谢"的地方,而他们更像是两个与年龄不符、踌躇满志的赌徒。我们三个弯着腰在人腿中穿行，仔细查看地上的每一张彩票，空气混浊而闷热，不但要忍受脚臭，还要忍受有人放韭菜味的屁。我的汗水从鼻尖滴在地上，我觉得这已经严重违背了不劳而获的初衷。而且我们还遇见了一些竞争对手，小孩、乞丐、疯子，甚至一些野狗。功夫不负有心人，我们竟然真的捡到了几张没有撕开的彩票，东东还捡了十块钱和一个一块钱的硬币，他那虚张声势的大笑令我怀疑这是他从别人口袋摸出来的。最后，从地上捡的加上花钱买的，我们一共搞到了十几张彩票，东东毫不谦让，兴冲冲地将它们全都撕开，不超过二十秒我们的表情就从期待变成了失望。折腾了一下午，连一包洗衣粉也没有中到，还花光了倩倩口袋里的零花钱。

7

摸彩票的活动结束之后，就像止痛药的药效已过，整个家属院顿时陷入了一种空前的绝望之中，强烈的日光将一切东西照得惨白，花坛里的植物在高温中失去了水分，知了在树上一刻不停地叫着，甚至发出了一种接近切割金属的高频噪音，令人发狂。工厂倒闭的消息如期而至，就像这些老年人发出的诅咒终于应验了一般,自杀像是瘟疫一样放倒了一个又一个工人。这些幸运的老年人躲在狭窄的阴影下打着瞌睡,耷拉着眼皮,再也无话可说。格格家的红色小轿车在日光的照射下格外刺眼,很快他们家就成了整个家属院的敌人。有人从楼上冲着小轿车泼脏水,有人在深夜用手上的钥匙在小轿车漂亮的油漆上划上一道,就连狗都不放过他们,时常对着车轱辘一跷腿,撒上一泡尿。格格的妈妈常常在楼下破口大骂,她喜欢同一句话重复十几遍,毫无创意。他们放弃了花一笔巨款学习驾照,而是开始四处寻找买主,好在这辆小轿车彻底被毁掉之前,变成一摞厚厚的现金。

我的妈妈做饭更咸了,她时常坐在餐桌旁,一边喝水一边默默掉眼泪。而爸爸更加频繁地出去寻找野味,他企图像个原始人一样养活一家人。

一个酷热的傍晚,他带回来一条橘色和黑色花纹相间的长蛇,他将蛇的脑袋用钉子钉在一块大木板上,他一般用这块木板来处理黄鳝。然后用小刀将蛇的肚子剖开,去除内脏,扒皮,留下小小的蛇胆泡酒,很快,蛇就变成了白色,它好像不知道自己已经不再像一条蛇了,还来回蜷曲着身体。爸爸将它的脑袋剁掉,这条蛇恢复了自由,在地上移动着,还时不时翘起早已消失的脑袋。它已经死了,可是它不乐意承认这件事,或者它不知道自己已经死了,还像活着的时候那样思考(即使已经没有了脑袋)和动弹着。爸爸将这条天真的蛇剁成了一段一段,扔进了盆里,用清水浸泡着。接下来我看到了最为恐怖的画面,这一小段一小段白色的蛇,更确切地说是准备下锅的蛇肉,仍在水里游动着,我甚至可以看见它的肌肉在收缩。它充满了活力,分裂成了好几个自己,在水里纷纷扭动着身体,全然不顾自己早已死掉了——没有内脏,没有脑袋,没有皮,仅仅是一块肉而已。我受到了启示,对死亡有了全新的认识。

　　晚上,我们家做了一大锅蛇汤,为了讨好爸爸,我一口气喝下了一碗没有肉的汤,爸爸和妈妈在一旁啃着蛇肉,从嘴巴里抿出鱼刺一样的白色骨头,爸爸说:"小兔崽子精得很,精华都已经熬进汤里了!"

　　晚上我毫无悬念地做了噩梦,那些一段段的蛇肉在爸爸的肚子里游泳,在通过他肛门的时候,又重新组合成了一整条蛇,我爸爸像是一个制作蛇的工厂,或者说是一个正在分娩的蛇妈妈,它们一条条地掉进马桶里,缠绕在一起,冰凉的身体快速穿梭,它们向上伸直了脑袋,纷纷吐着芯子。

　　我的生日很快就要到了,我希望可以得到一件真正的女士内衣,我幻想妈妈亲自为我穿上,赞叹我已经从一个小孩变成一个少女。可是我知道我的愿望永远会落空,前年他们以我生日的名义购买了两盒冰箱除臭器,可我当时真正想要的是一个俄罗斯方块的游戏机。而我去年的生日,他们花了一大笔钱安装了电话,对我说:"这可是一个昂贵的生日礼物!"可是他们却以电话费很贵为理由,从不允许我打一个电话。一想到这些,我就不再奢望什么礼物了,我怀着侥幸的心理对爸爸说:"过几天我过生日,想请倩倩和东东来家里吃饭。"说完我就缩起了脖子,担心爸爸一个巴掌打过来,好让我清醒清醒。可是没想到,爸爸竟然一口答应了,他从鼻腔深处发出了嗯的一声。我开心极了,立刻冲下楼通知他们两个人,我甚至为自己错怪了爸爸而感到悔恨不已。

虽然这个夏天糟糕透了,但我最喜欢的季节就是夏天,这也不完全是因为我要在夏天过生日。要说我最喜欢夏天什么,我可以毫不犹豫地说出来:"我最喜欢夏天的雷阵雨!"

即使在冬天我也时常怀念起那幅画面,就像一个电影的开头一般,可是不知道为什么,画面里的自己一直停留在五六岁的样子。我坐在灯芯草凉席上,穿着塑料凉鞋的双脚无法着地,地上有一盘绿色的蚊香,已经烧掉了一半,烟灰散落在周围,一个橘色的亮点正冒着青烟。镜头从我的后边移动过来,先是我穿着背心的小小脊背,像男孩一样的短头发,我的肩膀随着呼吸轻轻起伏着,后脖颈有着细细的绒毛,一只蚊子在我耳边哼哼着，然后降落在我脖子微微颤动的脉搏上，我觉得有点痒，拍了一下，在脖子上留下了一小块血渍。接下来，镜头继续向前移动，窗台上是两盆君子兰，叶子又肥又厚，一盆绿萝放在角落，它的枝叶顺着墙角垂落的绳子向上爬，已经爬到了窗帘杆上。窗外阴云密布，天空好像被什么力量撕扯着，僵持着，一片寂静，令人窒息，直到第一个闪电像是被撕裂的口子一般出现在空中，我才能如释重负地松一口气。紧接着是一声声沉闷的雷鸣，先是一大滴雨水落在土地上，迅速洇出一个深色的圆点，然后是无数个圆点如同纷乱的鼓点一般出现在地面上，空气中充满了尘土的味道，这些圆点很快连成一片水印，然后变成浑浊的小溪，变成激流。天空电闪雷鸣，风将树木逼疯，拼命甩动着自己的头发，塑料袋飞上天空，人们像遇上了炸弹一般，四处逃散，躲在路边临时的小棚子里，雨点在铁皮屋顶玩命地敲击，雨水顺着倾斜的街道奔流，下水道丧失了作用，汩汩向外冒着脏水，天地之间呈现出乳白色的水雾。可是很快，雨点就放慢了自己的节奏，最后一滴雨水落在地上之后，云朵散开了，树木恢复了温柔老实的模样，太阳让湿润的叶子闪着金光，一切都变成了崭新的，像是刚刚拆开包装的电视机，知了开始热烈地议论这场暴雨。真正属于我的时刻到来了，我从床上蹦下来，两条大腿后边被草席硌出红色的印子，我跑到马路上，在路边凹陷的水坑里狂跳，让倒映在水面的蓝天白云变得破碎。空气中弥漫着一股植物的清香，我一边用鼻子使劲嗅着，一边顺着路边的小溪向更低处走去，我的整只脚都浸在清凉的雨水中，水流冲着我的脚脖子，我会在路上遇见很多和我一样兴奋的小孩，我们互相泼水，打闹，将全身弄湿。有的小孩丢掉了鞋子，站在路边哭泣，而有的小孩下落不明，掉进了阴井里。

我生日前一天的傍晚几乎和这幅画面的开头部分毫无差别，就像是上天送我的生日礼物一样，让我兴奋和惊喜——雷阵雨会清洗一切，带来崭新的开始，我在第一滴雨水敲打在玻璃上的时候这么想着。可是这场狂风暴雨在持续了半个钟头之后，不但没有停止的意思，反而愈演愈烈。狂风早已成为恶魔，它推倒成排的自行车，掀翻雨棚，将瓦楞板吹飞，它从阳台上搜刮东西，将花盆、纸箱、晾晒的衣服统统扔了出去，整座城市像放在了搅拌机里一般，失去了重力，各种不可思议的东西在空中飞舞。当我看见院里的大树被连根拔起的时候，我明白了这根本不是什么美好的雷阵雨，而已经成了一场灾难。

一大早，倩倩就使劲敲着我家的门，慌慌张张地说："不好了，麻雀都掉地上啦！"

我们俩又叫上东东，带上一堆抹布和毛巾，准备出门拯救麻雀。外边蓝天白云，空气清新，如果只抬头看天的话，这绝对是个风和日丽的好日子。家属院里围了一圈人，格格的妈妈正在号啕大哭，仿佛被大树砸扁的是她那弱不经风的老公。那辆夏利小轿车已经变成一摊废铁，这棵巨大的泡桐树不偏不斜地砸在车子顶棚，整辆车子从中间凹陷下去，玻璃全部都碎掉了。有两个叔叔费劲地搀扶着格格的妈妈，因为她浑身无力，两条象腿拖在地上，我觉得她现在最想干的就是躺在地上打滚，可是这两个叔叔完全不解风情，为了使出足够大的力气，脸都憋得通红。几个阿姨说着安慰的话："不要难过了，想开点。"邻居们又和格格一家和好如初了。

几个老年人更为这棵泡桐树感到惋惜，拎着小布袋的王奶奶说："这树可是刚刚建厂的时候栽种的，这一转眼，五十年过去了。"李爷爷用拐杖戳了戳树干说："厂子倒了，树也倒了哟。"他说完这句话之后，得到了一圈老人的赞许，他受到了鼓舞，逢人就说，重复了不下一百遍。

地面上所有的东西都被偷偷移动了位置，大树下方的水坑里堆满了麻雀的尸体，马路两旁一些很浅的积水中，有的小麻雀一蹦一蹦的，可是怎么都飞不起来，全身的羽毛都被打湿了，在水中挣扎几乎耗尽了它们的体力。倩倩的眉头紧锁，她说早上她爸爸和他的朋友们没有准时来阳台吃东西。我们三个将还活着的小麻雀从水里捡起来，放在高处有阳光的干燥平台上,那个竖在步行道中间的防空洞的圆顶,就被我们放上了至少二十只小麻雀。我们用布轻轻地擦拭羽毛上的雨水,有些小麻雀开始自己用嘴巴梳理羽毛,抖动着脑袋。我们三个就像是战地医疗人员,在这暴雨肆虐之后的废墟中,紧张地拯救着幸存的小麻雀,因为我们更愿意相信其中一定有倩倩和东东的爸爸。我不想盯着那些在水坑里堆积的麻雀尸体,可是它们总是吸引着我的目光,它们更像是一团乱糟糟的灰色鸟毛,了无生机,在烈日下很快就会腐烂发臭。

忙活了一上午,我们几乎将周围几条街道被困在水坑中的小麻雀都救了出来。我们开始往回走,快到家属院的时候,发现附近最早放在干燥地方的小麻雀们都不见了,倩倩开心地说:"他们晾干了羽毛,都已经飞回树上啦。"我为在生日这一天,做了这么有意义的好事而感到骄傲,我好像还从来没干过什么值得表扬的"好人好事",我甚至已经构思好了一篇作文,说不定会被老师在课堂上朗读呢。

他们两个说要先回家一趟,给我拿生日礼物,我一蹦一跳地上楼,整个楼道里都是我的歌声,我打开我们家的防盗门,想着爸爸妈妈一定已经为我们准备好了一桌子生日大餐。

"芳芳回来了!"

"芳芳快过来坐!"

"几天不见,芳芳长成大孩子了!"

"芳芳姐姐你好!"

餐桌旁边已经坐了几个叔叔,还是我爸爸的那些战友,豆豆和宝宝也来了,我不知道爸爸还邀请了这么多人来为我祝贺生日。可是无论如何,当我看到桌子上粉色塑料盒子里的生日蛋糕时,还是开心地冲了过去,跪在凳子上,趴在蛋糕上边看了老半天。粉色的花朵,绿色的叶子,中间还用红色的半透明字体写着:"芳芳生日快乐!"我使劲咽着口水,防止它们滴进奶油里。豆豆和宝宝也学着我的样子盯着那个蛋糕,我们的脑袋凑在一起,像是在观察什么宝藏。

爸爸一边将我拉下来,一边说:"好了好了,快点坐好,咱们就开饭了。"

我蹦下椅子说:"等一下,东东和倩倩还没来呢,我要上厕所,还要洗手!"

爸爸问:"他们来干吗?"

我说:"来为我庆祝生日啊,你不是同意过了吗?"

爸爸好像忘了这件事,他也懒得再说什么,就去招呼那些叔叔了。

我推开厕所的门,眼前的一切让我很难相信这还是我们家的厕所,这里早已变成了属于麻雀的地狱:满地都是麻雀被扒下来的皮毛，砍下的爪子，还有内脏和血水，我几乎无处下脚。旁边的麻袋里还有大半袋的麻雀没有被处理，它们奄奄一息，在袋子里偶尔颤动几下，发出虚弱的叫声。旁边放着一个大塑料盆，小时候给我洗澡的那个，里边有一些处理好的麻雀肉，它们被开膛破肚，堆在一起，和缩小了十几倍的鸡差不了太多。我知道那些我们放在干燥地方晒太阳的麻雀都去哪儿了，它们根本不像倩倩所说，劫后余生，飞回了树上，而是都被我爸爸一只不落地丢进了麻袋，扛回家里。我好不容易找了两个可以落脚的位置蹲了下来，盯着自己的尿液冲进便池里的血中，大脑一片混乱，我只能反复祈祷这里边没有倩倩的爸爸，更没有东东的爸爸。我冲洗了凉鞋，踮着脚离开厕所，并且转身将门的插销给插上了，好像这样别人就不会再打开这扇门了一样。

倩倩和东东已经坐在桌子旁边了，他们第一次来我家吃饭，又遇见这么多陌生人，显得有些拘谨。倩倩送我的礼物用包装纸包好，还打了一个粉色的蝴蝶结，我根本没有心情将它拆开，东东送了我一个小水晶球，里边有一个小小的城堡，晃动起来，会出现漫天白雪的样子，我希望这不是他偷来的。我的爸爸妈妈送了我一本《三维立体画》，里边每张图都是令人眼花缭乱的重复的图案，据说高手可以从中看出一个东西，浮于纸上。我还收到了一个粉色的书包，一个文具盒，几本故事书。按理说，这应该是我最开心的日子,我应该为拥有了这么多的礼物和祝福而狂喜,可是现在,我无论如何都无法驱逐内心的愧疚,我甚至不敢多看倩倩一眼,我感觉心不在焉,刚才厕所的画面不断出现在我的眼前,我闭上眼睛许下生日愿望:希望倩倩和东东的爸爸没有被我的爸爸干掉。我头一次拼命祈祷各种神灵,上帝、佛祖、真主……就连法海我都没有放过,我希望他们可以一起显灵,令我的生日愿望不会落空。最后在大家为我唱的生日快乐歌中吹灭了蜡烛。

切完蛋糕之后,我就不再是这场聚会的主角了。爸爸和他的战友们开始喝酒,妈妈照例在厨房忙活着。而小孩们都在认真消灭面前的那块奶油蛋糕,眼睛时不时瞟着桌子上切剩下的另一半蛋糕。

爸爸举着酒杯说:"我和芳芳的妈妈下岗了,今天请各位兄弟来给我们想想办法。"

宝宝的爸爸第一个举起酒杯说:"兄弟有难,咱们一定帮忙!"

其他的叔叔也纷纷举起酒杯附和着,然后仰起脖子将酒一饮而尽。

大高个的叔叔倒上一杯酒说:"咱们可是患难之交,有什么困难只管说。"其他的叔叔又纷纷附和着,喝了一轮酒。

他们就这么说着豪迈的话，喝了一轮又一轮，眼睛已经发直了，舌头也变大了，说出的话越来越有激情，可就是没有想出什么具体的办法。桌子上剩下的蛋糕也被小孩们全部干掉了，宝宝和豆豆吃得到处都是，脸上，衣服上，就连豆豆的小辫上都沾着一坨白色的奶油。倩倩坐得笔直，微微笑着，一看就是一个有教养的小孩，而东东一边大口吞着蛋糕，一边偷偷从旁边的叔叔酒杯里舔了一口白酒，辣得伸直了舌头。

我感到不安，房子那头的厕所像是具有什么能量，一直吸引着我的注意力。中间有两个叔叔去上了厕所，可是他们晃晃悠悠地走回来竟然什么都没说，又一头扎进酒杯里。这让我怀疑自己是不是刚才出现了幻觉，我侥幸地想着，说不定厕所里什么都没有。当我准备再去查看一下的时候，妈妈端上来一大盘菜，从她走过来的时候我的心脏就疯狂跳动着，因为我有一种不好的预感，我觉得那盘菜就是油炸麻雀。

她将沉甸甸的盘子丢在桌子上的时候，爸爸脸上出现得意的表情。大家纷纷伸着脑袋努力辨认这是什么东西：一个个小小的圆脑袋，细细的脖子，细小的翅膀，被炸得焦脆的身体，我一眼就认出来这是麻雀，满满的一盘油炸麻雀，有一二十只那么多。而厕所里可能还有一二百只，我们家绿色的冰箱很快就能成为麻雀的太平间，而接下来的日子，我们家的餐桌上每天都会出现麻雀,油炸麻雀、红烧麻雀、爆炒麻雀……我简直无法再想下去了,倩倩和东东满脸疑惑。

爸爸用筷子指着那盘麻雀说:"快尝尝,这是我今天上午才捡来的麻雀,到处都是,我捡的可全都是活的,你们放心吃,新鲜得很!"

爸爸冲我抬了抬下巴,我知道表演的时刻又到了,可是这回我坐在椅子上一动不动,假装没有看到他的暗示。爸爸觉得惊讶,我们已经配合了无数次了,这可能是我唯一没有令他失望过的事情。

他大声说:"芳芳,快来表演一下怎么吃,你不是最喜欢吃这个了吗,以前你一个人都可以吃掉一盘。"爸爸一边说,一边举着一只姿态扭曲的麻雀晃晃悠悠地走到我的面前,伸到我的嘴边。我假装没有听见他说话,任凭那只麻雀热乎乎的脑袋不断碰着我的嘴唇。

整个屋子一片寂静,倩倩忽然哭着说:"叔叔,你干吗残害小动物?"

爸爸没有理倩倩,他笑了笑,继续用麻雀抵着我的嘴巴说:"哎哟,过生日真是不一样,你长大了是吗,翅膀硬了是吗?"

我仍然没有回应他,我知道自己不能张开嘴巴,只好抬起眼睛狠狠地盯着他。爸爸可能忽然想到了那一千块钱,也可能忽然想到了工厂倒闭，或者想到了我以前和他的默契，也可能仅仅是因为他喝醉了。总之，他被我彻底激怒了，他将油炸小鸟砸在我的头上，然后对我拳打脚踢起来，这次可不仅仅是扇巴掌那么简单。在倩倩面前，在东东面前，在这么多叔叔面前，我感觉耻辱，我不断想着厕所里的那些小麻雀，想着我曾经吃掉的昆虫、小鸟、青蛙、兔子、鸡鸭……想着它们被杀掉的时刻，我觉得最近确实有点忘了自己是谁。叔叔们拉扯着我的爸爸，我从地上站起来，站在桌子前边，一边任凭眼泪一大滴一大滴地掉下来，一边抓起一只油炸小麻雀，我咬掉它的脑袋，嚼碎它的脑子，我的牙缝里塞满了它紫色的肉，这就是我的样子，我爸爸的女儿，我妈妈的女儿，这就是爸爸期待的样子，我想讨好他，报复他，我想虐待自己，我想令他满意，我想偿还，我希望能摆脱内疚，而这就是我，我想告诉我的好朋友，这就是你们交到的新朋友——芳芳，一个嗜血的恶魔，连小麻雀都不放过的人。我吃了一只又一只，倩倩跑了，东东也跑了。我吃掉了倩倩的爸爸、东东的爸爸，我希望吃掉这一桌子爸爸，我将他们嚼碎，让他们成为永远都无法恢复的破碎拼图。

爸爸倒上一杯酒说："来来，我们喝酒。"

叔叔们举起酒杯，他们试图忽视我——这个令人尴尬的小孩。

我冲出家门，听见爸爸在后边笑着说："小兔崽子脾气还挺大。"

8

我已经很久没有和倩倩、东东玩过了，就像我和他们成为朋友之前那样，他们几乎从我的生活里消失了。我没法和人分享我最近的变化。我一个人四处游荡，爬铁架，翻围墙，时常站在楼顶上东张西望。生日的那天晚上我从家跑出来，直接爬上了这里，我期待倩倩和东东也在，可是那天晚上一个人都没有，只有一条细细的弯曲的月亮，像是小丑的嘴巴，邪恶地笑着。我站在楼顶的边缘，实际上在夜空中，已经很难分辨哪里是边缘，这黑色的沥青楼顶和黑夜几乎融合在了一起，而我忽然具有了某种平衡，可以自由来去。

我们一家三口都喜欢抱着那本《三维立体画》长时间盯着看，在厕所里、餐桌上、被窝里。妈妈还是那么爱流眼泪，她脸上的河床很难再有干涸的时候，而这本《三维立体画》也被她的泪水浸泡得皱皱巴巴，有的地方甚至模糊了。我可以盯着一幅画整整一个下午都不用眨眼睛，因为我两个眼角半月形状的粉色皱褶渐渐变得平整，成为一层乳白色半透明的新的眼睑，就像我曾经在鸡眼里、鸟眼里、猫眼里、狗眼里看到的一样。它可以在我眼睛干涩的时候向侧上方打开，就像汽车的雨刷一样，我的眼睛又再次湿润了，根本用不着真的眨眼。我觉得自己的眼睛是不是因为发炎了才变成这样，我需要去医院看看眼科医生。而我每次眨眼也和以往不同，不再是上眼皮向下合拢，而是下眼皮向上合拢，我没法通过照镜子来确定这个，也许只是我的错觉罢了。

　　有时候我觉得自己的两个眼睛离得越来越远，而我看到的视角也越来越广阔。我的视力也在发生着变化，好像同时具有了望远镜和放大镜的功能，我既能看得很远，比如马路对面那栋楼的每一个窗户里我都可以看得一清二楚，三楼有个小孩每天都要练习钢琴，四楼有一个老头喜欢穿着三角裤头摇着蒲扇看电视，五楼的一个叔叔经常在清晨偷偷将垃圾斗里的灰尘撒到楼下。而近处的东西又能放得很大，我可以看出来每只蚂蚁的长相其实有着很大的差别。我对这些新的变化感到惊喜，时常觉得自己是不是具有了特异功能。可是一到夜晚，我几乎什么都看不见了，像个瞎子一样。

　　我的皮肤开始变得粗糙，毛孔一颗颗凸起，摸起来疙疙瘩瘩，我不知道这是不是就是所谓的青春痘。而我的听力也有了损失，我感觉自己很难确定声源的位置，所以必须经常向四周张望，这在我吃饭的时候最为明显，我每吃一口饭，都会不由自主地抬起脑袋四处看看，这让我显得很警觉。直到有一天我照镜子才发现了问题的所在，我的耳廓不知道在什么时候竟然消失了，只剩下两个黑色的洞。我惊慌失措地向爸爸跑去，让他看看我的变化，可是他仅仅看了我一眼，就懒得再多看我一眼，他对我摆了摆手，想把我轰走。

有时候我会想起那些被剁成一段一段，仍然在清水里努力摆动身体的蛇，我怀疑自己会不会和它一样，忘记自己已经死掉了这件事呢。

肉丸和电梯

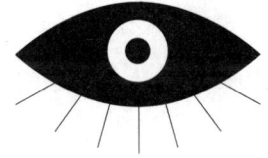

　　肉丸最近一直想做点什么出格的事情,这个念头笼罩着他肥嘟嘟的身体,像是一群围着垃圾的苍蝇一样挥之不去。

　　肉丸的工作是负责一部通往商场楼顶停车场的电梯,这部电梯很大,里边足足可以进来一辆面包车,电梯只有四个按钮:开门,关门,一楼,六楼。肉丸每天的动作很简单,集中在手指上,刚开始的时候,他只用食指按,后来他开始换着花样按,一楼用食指,开门用中指,关门用无名指,六楼用小拇指或者大拇指,这些规矩每天都在变。有时候肉丸看着自己短小手指的熟练动作,听着电梯上上下下、开门关门的声音,甚至觉得自己在弹奏什么非同寻常的乐章。随着电梯大门打开,汽车打火发出洪亮而颤抖的声音，乐曲进入高潮，也立刻就要结束了。肉丸心满意足地闻着排气管喷出来的废气味，看着越来越远的车辆，活动一下手指，准备迎接下一段乐章。

　　肉丸在一天中偶尔也可以说句话，这句话在这几年重复了无数次，肉丸尝试了各种口气、音调、音量，甚至娘娘腔、卡通人物……很多时候这些进了电梯没有熄火的汽车，车窗都是关着的，甚至还放着吵闹的音乐，肉丸趴上去，敲敲玻璃，用昨晚才从电影里学到的粗鲁口气，沙哑而大声地说："他妈的，快熄火！"而当车窗慢慢摇下来时，肉丸却很礼貌地说："请您熄火。"

　　当肉丸没有沉浸在自己的演奏游戏时，电梯间总会沉默得令人窒息，他有时会偷看汽车里的人，特别喜欢看车里是一男一女的，他暗自猜测他们之间的关系，父女，恋人，夫妻，还是朋友？当然他最喜欢猜测那一男一女是有什么不正当关系的情人，女的一定会让男的掏钱买东西，买很多很贵的衣服和化妆品，瞧她化着浓妆，穿着毛茸茸的外套，还有染成焦黄的鬈发，快看她的指甲，又尖又长，上边还镶着发光的水钻，虽然车窗紧闭，肉丸仍然可以感受到一股热烘烘的香气钻进鼻孔。如果车里是一家子人，肉丸总会赢得小孩的目光，小孩会趴在车窗玻璃上肆无忌惮地盯着他，这让他浑身难受，总觉得自己有义务逗小孩笑，就像欠了他们什么东西，如果不快点采取行动，就会让他们失望了。肉丸很不自然地把双手举在脸前，晃了晃，又立刻假装看手表，或者挠头发，大部分小孩都会继续呆呆地看着他，脸蛋压在玻璃上，像是看什么坏掉又冒着烟的电器，这让肉丸很恼火，发誓再也不逼自己采取什么行动来讨小孩欢心了。

工作一天下来也算忙碌，肉丸回到家，一边看电视，一边吃饭，吃的时间很长，仿佛他那肥硕而空虚的肚子需要食物和电视图像一起填满。妈妈吃完饭坐在肉丸旁边，一边嗑瓜子，一边看着自己的乖儿子吃掉她做的饭菜，连菜汤都不放过。如果不告诉你他们是母子俩，你绝对不会把他们想象成一家人，肉丸的妈妈短小精悍，风风火火，仿佛有消耗不完的体力，大部分时间她都会睁大眼睛，提着气，面带温柔的笑意，这种目光就像看到天堂的第一秒那样纯真美好，但是可能下一秒钟，她就会放低眼睛和整个上半身，神秘兮兮地说上一些离奇的事情。肉丸的妈妈嘴角有一颗黑痣，在她说这些无关紧要的话时，肉丸的注意力常常被那颗上下左右移动的黑痣所吸引，他希望这颗黑痣可以是一个句号，终止那些从妈妈嘴里吐出来的离谱的句子。妈妈总是叫他再吃一点，再多吃一点，仿佛自从肉丸不再长高之后，她的目标就是让肉丸长肉，只要肉丸一天天在变大，妈妈就很高兴，这种快乐有点类似肉丸还在她肚子里的时候。

肉丸也从没叫她失望过,妈妈做什么他就吃什么,妈妈做多少,他就吃多少,再没有什么事比吃东西和变胖更让肉丸觉得享受和理所应当的了。

可是最近一段时间,肉丸一直被那个关于出格的念头困扰着,实际上也不叫什么困扰,更确切地说,是一种撩拨,让肉丸的心里痒痒的,好像有什么东西要奔涌而出,要爆炸,要不顾一切。这种强烈的感觉让肉丸失去了耐心,上班的时候他再也无法忍受那些自己发明的小乐趣了,一直用食指使劲按着按钮,使劲地敲玻璃和大声叫司机熄火,如果电梯间没有人,他就会转来转去,像一头困兽,电梯间变得越来越小,仿佛就要装不下肉丸了。

肉丸的脑子里不停闪过各种他所能想象出来的出格行为,可是不是太出格,就是太不出格了。从六楼跳下去?正好砸死一个步履蹒跚的老太太?强奸一头母牛?可是想象中母牛的屁股总是被汽车坚硬冰凉的屁股所代替,那唯一的洞还在突突冒着黑烟。离家出走,成为一个流浪汉?偷商场的东西,然后以每分钟五百米的速度狂奔?把身上的肥肉甩掉并粘在追自己的人的脸上?强行打开一辆美女的汽车,然后和她搞在一起?从一楼到六楼大概需要四十九秒,当大门打开的时候他就结束了吗?减肥?他妈的,这怎么能算出格,减肥有什么大不了的!

杀掉妈妈，减肥就成功了！各种各样的念头波涛汹涌，肉丸像一条发情的公狗一样焦躁不安。

肉丸是妈妈带大的，至于爸爸这个角色也经常出现在妈妈的故事里，伴着自己成长。上小学的时候，有一段时间小朋友们流行一种游戏，就是把胶水涂在手上，干了之后，再一点一点地撕掉，肉丸玩得很痴迷，经常自己在家，十指张开，在屋子里走来走去，加快胶水干燥的速度。当手上干了的胶水被一点点撕掉的时候，有一种说不出来的快感。

一天下午，肉丸正玩得投入，妈妈怒气冲冲地走过来，直接把胶水瓶扔到了垃圾桶，然后换了一种神态坐在肉丸旁边，一边搓掉肉丸手上残余的胶水，一边告诉他："你知道你爸爸是怎么死的吗？"肉丸虽然很心疼自己的成果被妈妈毁掉了，但这个话题立刻让他忘掉了垃圾桶里的那瓶胶水。"你爸爸很喜欢玩这个，他就是玩得太多，有一天被毒死了。这个东西有毒的！"

肉丸第一次听到爸爸的下落，激动和失望的情绪竟然同时到来，原来爸爸这么大的男人竟然是被胶水害死的。肉丸第一次感觉到人的脆弱，不堪一击，感觉到可笑，轻飘飘，各种奇怪又陌生的感觉揪着他的鼻尖，又酸又痒，肉丸打了个喷嚏，就抱着妈妈大哭了起来。从此以后肉丸再也不玩胶水了，闻见那个味道就想起爸爸，这就是爸爸的味道，鼻子会变得又酸又痒，总要打一个喷嚏。

有一年春天，大概是小学五年级的时候，班里组织去山里春游，这是肉丸第一次离开家去那么远的地方。临出门的时候，妈妈用她天使一般的表情看着肉丸，帮他整理好衣服，紧接着就蹲下来，压低眼睛神秘兮兮地说："坐大巴车的时候千万不要把头和手伸在外边，当初你爸爸就是因为坐大巴车把胳膊伸到外边，结果旁边过来了另一辆大巴车，把你爸的胳膊给撞飞了！"

肉丸全身一颤，那条粗壮的胳膊直接从大巴车上飞进了他的胃里，硬邦邦，不能消化。整个春游的过程，肉丸都无法把注意力转移到山里的美景和包里的零食上，他不停地幻想那个惊悚的场面，爸爸的胳膊被撞飞了，在天空中挥舞着，挣扎着，指挥着，最后不知道落在哪里了。肉丸心中面目模糊、胶水味道的爸爸还少了一条胳膊，死去的爸爸竟然是不完整的，但是爸爸这个形象却又更加具体了一点。

再长大一些，肉丸开始自己去理发店理头了，有一次他急匆匆地跑回家，一头扎进厕所小便。出来的时候心满意足地对妈妈说："刚才理发，差点把我憋死！"

妈妈径直走到肉丸面前，挡住了一部分窗外刺眼的阳光："以后理发的时候不许憋着！你可以随时去上厕所的，上好了再继续理发！"

肉丸准备从妈妈面前绕过去:"哪有理发中间还去上厕所的,多丢人啊!"

"丢人有什么重要的!你知道你爸爸是怎么死的吗?"

"毒死的。"

"不是!你爸爸是理发的时候不好意思去上厕所,结果被活活憋死的!我可不希望你和他一样的下场!"

肉丸看见妈妈的一些唾沫星还飘浮在她身旁的阳光中,和灰尘一起流淌,由于逆光,没办法看清楚妈妈的表情,他有些生气,但是也不足以理直气壮:"你不是说他是被胶水毒死的吗?"

妈妈伸过来手想要接触到肉丸,强烈光线里慢慢流淌的灰尘被妈妈的动作扰乱了:"你那个时候小,我想借用你爸爸教育教育你。"

可是爸爸身上的胶水味是怎么样也去不掉了,除了少了一条胳膊,又多了被尿憋得又硬又大的小腹。肉丸失望极了,憋死也没有比被胶水毒死好到哪儿去。他觉得自己应该安慰一下妈妈,可是从这个角度实在是看不清楚她的表情。

自从那天之后肉丸开始讨厌憋尿,不管在什么情况下他都不会顾忌面子,直接去厕所,偶尔来不及去厕所,路边的小树林,小花园,某个隐蔽的墙角都留下了肉丸的尿液。因为他不想让爸爸临死的感受占据他的身体太长时间,他不想一遍一遍地体验爸爸死之前的痛苦,他要让这一切随着尿液消失在马桶、草地、水泥地,他甚至有些恨这些黄色的骚臭的杀掉爸爸的液体了。

前几天的一次晚餐,投入在电视节目中的肉丸忽然拍了一下桌子,大叫了一声:"他妈的!"他甚至忘记了正在播着什么能叫他大叫一声"他妈的"。这是二十多年来第一次在妈妈面前这么大声地吐出脏话,叫完之后他自己也从电视的世界一下子回到了餐桌旁,电视仍然不知趣地嘈杂着,冰箱也时不时地轰鸣一阵,肉丸埋头吃饭,装作什么都没发生,心却扑通扑通跳着。

妈妈吃惊地看着肉丸,忽然把筷子从肉丸手里夺了过来,激动地敲着桌子:"你知道你爸在离开我的时候说的什么?!"

妈妈的声音开始颤抖:"他说的就是这个词——他妈的!"

肉丸开始迅速捕捉获得的信息,开始他从小以来的爸爸拼图。爸爸被尿憋死之前,对妈妈说:"他妈的!"这真是很奇怪,难道爸爸理发的时候妈妈也在旁边?而且爸爸还当着那么多人的面,对妈妈说了一句"他妈的"?肉丸小心翼翼地表达自己的迷惑:"他在理发店被憋死之前对你说的话?"

"他没有死,我倒希望他死了,他离开了我,那个时候你才……你还没有生出来。"妈妈用双手捂住了脸,偏偏嘴旁的那颗黑痣在指缝中间一跳一跳的,像只黑色的老鼠,不停扰乱妈妈带来的悲伤气氛,让肉丸有点想笑。

死了两遍的爸爸忽然复活了,并且说了一句"他妈的"。

"那他的胳膊,真的被撞飞了吗?"

"哼,我倒希望被撞飞了,最好连脑袋都被撞飞了!"妈妈的声音从指缝传出来,像是来自瓶子或者一口深井的底端。

复活的爸爸还长好了胳膊,还开口说话了,虽然说的不是什么好话。肉丸有些高兴,就好像爸爸大难不死:"那他现在在哪里?"

"他说完'他妈的',紧接着摔碎了一个盘子,就走了,希望他现在已经死了吧。"

"他为什么要骂你,要摔一个盘子,然后离开你呢?"

"不是离开我,是离开我们!那时候你正在肚子里一天一天地变大!说起来很可笑,他在车间干完活休息的时候,随手画了一幅画,好像画的是他对面的几个工人,结果得到了那些和他一样又脏又蠢的工人们的表扬,还被贴在了车间的墙上。他忽然觉得自己有画画的天赋,发疯一样地一定要去学画画。我当然不同意,他不好好挣钱养家,去学什么破画,只有那些要考艺术学院的学生才会去学画画,更何况你都要生出来了。从我认识他的那一天起,我就知道他不会有什么出息,当然我也没有指望过他有什么出息,只要他可以老老实实地工作挣钱,而不是因为一时冲动就放下一切。他不是那块料,他祖宗八代也没有搞艺术的,我早就告诉他,他生出来就是个当工人的材料,不用奢望什么改变,想当画家,多好笑啊,如果他都当画家了,那我还当……当国家一级厨师了呢!我们每天都为这个大吵,他竟然要抛弃我们去学画画?他也不看看自己是个什么东西,满手油污的工人,神经病,疯子!"

无论如何,爸爸复活了,肉丸顿时觉得爸爸那混杂着胶水味和尿骚味的血液开始在自己的血管里沸腾,他甚至忘记了仍然沉浸在悲愤的回忆中的妈妈。只感觉她的咒骂声越来越远,慢慢和电视暖洋洋的嗡嗡声融为一体了。

也就是那一天起,肉丸有了出格的念头,这个念头笼罩着他,甚至让他不能像往常一样吃饭、看电视、睡觉。以前一切让他觉得安逸舒坦的东西,现在他都不能再忍受,肉丸觉得自己忽然长大了,从一摊肥肉变为了一个男人,一个强大无比的人,这种长大的感觉是以前任何身体上的成长和年龄的增加无法比拟的。这一切难道都是因为爸爸的复活?肉丸懒得去思考这些了,他现在所有注意力都在自己无法遏制的冲动上,仿佛做一件出格的事情就可以展开他的人生,就可以从妈妈那舒服安全的环境里分娩出来,他非常需要这么一次破壳而出。

距离下班还有七个小时,而实际上肉丸今天才开始工作了一个小时而已,商场还没有什么人,他的汽车电梯也很空闲。

肉丸再也无法忍受这一分一秒寂静地过去,他甚至不能理解以前的自己,是怎么心安理得地在这个盒子一样的空间里度过了好几个年头,连鼻子都在酝酿一场变革,电梯里特有的那股臭味特别刺鼻并且令人想吐。肉丸让电梯不停地从六楼到一楼,又从一楼到六楼,不给电梯任何喘息的机会,连门都不让它打开,他想折磨它弄坏它。在电梯正在上升或者下降的时候,肉丸还尝试在电梯中央蹦起来,跳下去,他庞大身体的每一次坠落都让电梯颤抖一番,这让肉丸觉得很刺激。他甚至幻想电梯失控了,从六楼以最快的速度直接坠落,这样就可以和电梯同归于尽,就连死掉了这件事,都能让肉丸觉得异常兴奋。

　　肉丸四处打量,消磨时间,电梯墙壁上青色的油漆很多地方都脱落了,露出褐色的铁锈,也许电梯里的腥臭就是从这里冒出来的,肉丸很奇怪以前竟然从来没有注意过这么破烂不堪的墙壁。他从口袋里掏出一把钥匙,在墙壁上划着,一些青色的墙皮又掉了下来。肉丸很潇洒地划着:"到此一游,他妈的!"但这并不是他事先想好的,只不过随便乱画,他甚至幻想自己是神笔马良,在墙上画了一个简陋的大门,就可以立马走出去。

　　折腾了半天,肉丸有点累了,他坐在凳子上休息,看到摄像头正在缓慢地转动,竟然有人在监视他?虽然他一直都知道电梯里有个摄像头,也知道这并不完全是为了监视他,但是现在,这个摄像头让他非常恼火。他站起来走到在摄像头下方，盯着摄像头上的红点，看了一会儿，忽然一股强烈的尿意涌上了小腹，肉丸等不及电梯到达六楼的男厕所，也许他根本就没准备去厕所，转身到角落，对着肮脏的墙壁，撒了一泡尿，还没等穿好裤子，就听见摄像头转动的声音。肉丸扭过头，看到摄像头正对准自己，他提上裤子，转过身抓起平时休息用的木凳，大叫了一声"他妈的"，朝着摄像头砸去，摄像头被砸了下来，连着电线耷拉在半空，就像被吊死了。这一系列动作，这么流畅，这么不假思索，这么麻利，完全不像肉丸这种老实巴交的胖子可以做出来的。肉丸感觉很开心很满足，恨不得摄像头可以记录下这一切，然后和全世界分享。在这之前，他从来没有破坏过什么公物，也从来没有这么明目张胆地撒尿，刚才的行为简直背叛了他以往的二十多年，背叛了他一身柔软的肥肉，背叛了那个死了爸爸的小孩和小孩他妈。肉丸哼哧哼哧地喘着粗气，却觉得一身轻松。

肉丸看也不用看，用最熟练的动作按下一楼，又按了开门，就像身后的整座大楼就要爆炸，而他却是逃出来的英雄一般站在越开越大的门前，刺眼的阳光渐渐把肉丸膨胀的身躯吞没了一大半，他有点睁不开眼睛。等到眼睛渐渐适应了光线，肉丸看着马路上呼啸而过的车辆，忽然发现自己根本不知道要往哪儿走。

爱好倒垃圾的人

如果说倒垃圾可以算得上一种爱好的话,我也是个有爱好的人了。这个念头从拎起垃圾袋出门开始,就占据着我的大脑。

爸爸经常说有点爱好是件好事,总能派上什么用场的,我还不太明白这句话的含义。他喜欢电视报纸上各种各样的残疾人励志故事,比如一个脑瘫儿成为一个指挥家,并在最高级的音乐厅指挥一整个乐队,演奏出振奋人心的交响乐。电视里的他挥舞着小木棍,头和胳膊时不时地抽搐着,成为整个舞台的主角,所有的人都为他鼓掌,甚至有的人热泪盈眶,包括我的爸爸。

虽然我不知道我的爱好可以派上什么用场,但说句实话,这总比在众目睽睽之下癫痫般的挥舞着一个小棍要聪明太多了。一想到这里,我就忍不住哼哧哼哧地笑了起来,这是一种毫无节奏的喘息外加鼻子发出的嘶鸣声,在它变得越来越快,在我的全身都要随之颤抖和手舞足蹈之前,左手忽然就像爸爸的手一样捂住了我的嘴巴,制止了这愚蠢的声音。说起来,我对愚蠢有一点敏感,我尽量让自己看起来聪明点,就像爸爸经常对我说的那样:"你能不能聪明点!"

我大步走到垃圾桶旁边,用指尖捏着黏糊糊的把手,打开上边的大盖子,一股热气腾腾、瓜果腐烂的味道扑面而来,沉甸甸的苍蝇飞不了多高,很快就会归于平静,直到我将手中的垃圾袋扔进去,再次掀起一阵散发着恶臭的黑色旋风。我探头看了一会儿,扇贝的贝壳从塑料袋里散落出来,苍蝇迅速地降落在上边,紧接着我看到了一只破鞋子,几个桃核,一个肮脏的布娃娃,一大包厕纸,蔬菜的叶子。我的目光在垃圾桶里贪婪地浏览着,生怕错过一点细节,我承认我看得有些着迷,在我意识到这很蠢,聪明的人不会这么干之后,赶忙把脑袋收了回来。

无论如何,我都为丢掉那么一大袋垃圾而感到高兴,我的双手空空如也,我感到轻松而愉快,我为拥有了一个爱好而感到开心，我迫不及待地想要跑回家告诉爸爸，想要得到他的表扬："真聪明！"我一直认为这是他对我的最高赞美。我像一只渴望得到奖励的小狗，抬着汗津津的脑袋，喘息不止，当我真的说出我的念头时，他呸地从嘴里吐出一个什么东西，然后说了句："蠢货。"我四处看了看，没看到他吐出的什么东西，就连一点食物的残渣都没有，我猜想一定是一个爸爸幻想中的脏物，一个虚幻而微小的垃圾。

　　我和奶奶并排坐在距离我们家窗户大概两米的路边，我坐在台阶上，奶奶坐在轮椅里。我们身后是一小片绿化带，有几棵矮小的木槿，零星开着几朵粉色的花，地上早就应该修剪的草坪像是马毛一样，风一刮过，掀起一阵油光发亮的波浪。这是爸爸选的地方，他说这样方便盯着我俩。我也曾经从卧室的窗户向外看着，感受爸爸"盯着我俩"的视线，幻想透过一小片绿荫，看到两个后背，一个歪着肩膀缩在轮椅里，一个宽广得连脖子都看不到。阳光不歪不斜地照在我的脸上，我让眼睛直对着太阳，在视网膜产生了十几个明亮的绿点之后，我放弃了这么干。

　　即使是夏日的午后，这儿也算不上炎热，海和这个小区只有一条马路之隔，刮来的风总是凉凉的，让人很舒服，有点昏昏欲睡。退潮时海风会带来潮湿的腥味，每到这个时候我都会加快速度大口吸气，我想这样就等于吞下了一些海鲜。一想到深蓝色的海水中那些闪烁着奇异光芒的水母、海星、鱼儿，此刻通过某种神秘的气体来到了我的身体，在我肥大的肚子里游来游去，我就特别愉快。家里买的那些便宜海货，扇贝、牡蛎、海虹之类的，爸爸从来不让我和奶奶吃，他说小孩和老人不适合吃这些东西，我低头看着自己硕大的乳房，不太认同爸爸的说法。不过奶奶确实太老了，老到不再言语，以一种静止的状态停在了某一天，那天一定索然无味，从她的表情中我可以看到这一点，她变成了一份自己的标本，任凭时间在身边呼啸而过。她每天只喝一些燕麦粥，有一半都洒在了衣服上，她身上一直有一股燕麦粥馊掉了的味道。

　　我正对的地方是小区的围栏，跨过围栏就是一片空地，以前曾经是海水养殖的地方，现在荒废了，杂草丛生，只剩下几个水塘和堆积如山的垃圾。听爸爸和小区里零星几个住户议论，这片空地早就被卖出去了，以后会盖成一个新的楼盘，专门卖给和我们一样夏天来海边度假的外地人。无论何时，只要仔细看，总会发现有人坐在垃圾堆上，向水塘甩下鱼钩，而我的爸爸也很快加入了他们，度过一天中的大部分时间。听说那里有很多鱼，如百宝盆一般怎么都钓不完，甩下的鱼钩从不会空着被拉上来，这个神话般的鱼塘不会让任何垂钓者失望。不过我从来没见爸爸拿任何鱼回来,他说水塘太脏了,钓上来就扔掉了。

　　我的眼前浮现出被扔在地上的鱼,蹦跶了几下,闪着银光的鱼鳞沾上了一些土,就再也蹦不起来了,它身上的水分在干涸的沙土地上蔓延出小小的一片暗色,我仿佛可以听见鱼嘴在空气中一张一合的微弱声音,就像我此刻一张一合的眼睛,很快我就被掷入了一片柔软的黑暗中。"你这个傻子!"我听见奶奶这么呵斥着我,声音很遥远,然后我又被那片静谧而温暖的黑暗吞没了,直到知了扯着嗓子,如同生锈的铁链反复拉扯着我,才将我拉回了这个异常明亮的午后。我看了奶奶一眼,她苍白的脸和银灰色的头发如同本身就会发光一般,有着大大的光晕,她还是一贯地面无表情,若有所思,胸前有一小片水渍。她已经很多年不说话了,那些严厉而洪亮的话语凭空消失了,这让她的身体也缩小了三分之一,我甚至快要忘记她曾经是如何的强壮有力,一个巴掌就可以把我打翻在地。我低头发现自己的胸前也有一小片口水印子,一定是刚才打瞌睡的时候留下的,看着我俩这一个共同点,我就很想发笑,我自己嗤嗤地笑着,也时不时地看着奶奶,想要邀请她加入我。她的表情还是那么凝重,这一点她不曾变过,她从不觉得我有什么值得好笑的,她还是那么难以接近。我们一言不发,就这么长久地坐着,直到爸爸从窗户叫我们回去。每次物业的王阿姨来我们家做客,他都打发我推着奶奶出去，在路边度过了不少这样的午后时光。

夏日伊始，爸爸就开车带着我和奶奶，离开我们那个炎热肮脏的城市，来到了这个海边小镇。他用毕生的积蓄买了这套房子，他说想要到一个没人认识我们的地方展开一段新的生活，我是在他给奶奶梳头的时候听到的，他说他辛苦了一辈子，现在终于退休了，就要开始享受人生了。爸爸像是一个宣布自己恋爱了的小伙子，面带欣喜和羞涩，迫不及待地等着奶奶的祝福。奶奶的沉默不语和面无表情在此刻就像对爸爸的不屑与挑衅，事实上奶奶还好着的时候也从未对爸爸满意过。爸爸停下了梳头的动作，整个脸都阴沉了下来，他忽然用手摇晃着奶奶的肩膀："你听见没啊！"奶奶刚被梳好的头发又垂了下来，银白相间的头发变得杂乱，像是绒毛里刚长出一部分白色羽毛的雏鸡。爸爸抬起头，我还没来得及收回我的目光，就和他的交会了，他把手中的梳子砸了过来，大声吼着："看什么看，你这个傻子，你们两个累赘拖累我，让我没有一天好日子过。"他又指着奶奶说："你怎么还不死啊？"奶奶深色裤子的裆部和轮椅的坐垫渐渐湿了一片，让我恐惧的气氛弥漫到了房间的每个角落，令人窒息。爸爸也很快注意到了，他半蹲在奶奶面前，抽打着自己的脸，用忏悔的声音说："妈，都是我不好，你别怪我，快来给奶奶洗洗，换换衣服。"说完他就转身走了，在经过我的时候轻轻地拍了拍我的脑袋,然后进了他的卧室关上了房门。

爸爸在家里的时候,经常把他的心理活动展现出来,喜怒无常,肆无忌惮,有时候我会觉得我和奶奶是不是住在他的心里,只是他心理活动的一部分,而并不是真实存在于这个世界上的,所以我俩总要经历那么多爸爸自己的矛盾和挣扎。还有的时候我觉得他真的疯了,会随时杀掉我俩的,这个念头一般在他走出家门,在和小区的其他住户打招呼时被一下子打消。他看起来再正常不过了,像小区里所有两鬓斑白、彬彬有礼,买了海边度假房的中年男人一样,充满了自信,笑声爽朗,一切都为了享受生活,享受假日,享受夏天。而我和奶奶似乎让他在小区里树立了某种声望,一个慈父,一个孝子,一个充满责任感的男人,尽管他们看我的眼神并不总是友善,爸爸不在的时候还会问我一些奇怪的问题,还有小孩口无遮拦地叫我傻子。他们对我们家充满了好奇,如果他们可以变成垃圾桶里那些黑苍蝇,一定会趴在我家窗户上窥视个没完的。

我拉上了窗帘,为奶奶脱掉衣服,虽然已经无数次地看到过她的裸体,但每一次都仍然让我震惊,她看起来像是还没完全脱光衣服,还有一层皱巴巴软乎乎的肉色外套松松垮垮地搭在她的身上,所有的线条都像被什么重物向下拉扯着下坠,两个长长的乳房耷拉着,像是两只没有装水的皮水袋,肚皮滚落在大腿上,在两条大腿和肚皮的空隙可以看到一片黑色的阴毛,即使是这样,也仍让人觉得丧失了性别,既不像男性也不像女性。我感觉一阵阵恶心,干呕了几声。我无法相信这样的皮囊内部还有什么生命,我曾经脱掉自己的衣服和这具皮囊对比,虽然我的身躯庞大,充满了脂肪,但对比起来就知道我的身体是多么鲜活,充满了生命力。我再次观察她的脸,深壑的皱纹将面部切割成各种几何图形,我忽然觉得奶奶早就死掉了,这不过是由于某种原因一直维持着的皮囊,早就和奶奶没有了任何关系。它在我们家混吃混喝,还拖累我的爸爸。我一直想将这个聪明的发现告诉爸爸,可是每当我擦拭完这具皮囊,为她穿上衣服,她就又有点像我的奶奶了。刚打扮干净的她看起来有点得意,每当这个时候我都在心里诅咒,你这个皮囊怎么还不腐烂,我会像扔垃圾一样将你扔到苍蝇窝里。

一天傍晚,火车的鸣笛声忽然响彻了天际,小区里的住户纷纷走了出来,大家兴奋地议论着这里马上要开通的高铁,而在我们小区不远的地方就有一个停靠站点,从邻近的大城市过来只需要十分钟的时间,这么说起来,小区的房子就要值大钱了。爸爸回到屋里还是高兴得要命,推着奶奶的轮椅在客厅旋转了好几圈,说自己的眼光好,房价就要翻几倍了,他还拍拍我的肩膀说:"你老爸厉害吧,有了这套房子,升值了一卖掉,一辈子都吃喝不愁了！"

这样的快乐没有持续太长时间，很快他就又陷入了没完没了的"心理活动中"，我们的整间房子都是他的心房，他在其中咒骂我们，殴打我们，向我们忏悔……时而疯狂，时而恶毒，时而懦弱……我在其中像只掉落在旋涡中的昆虫，被任意摔打着，心惊胆战，手足无措，无法呼吸。而每次结束的时候，他都像个受害者一般黯然神伤，筋疲力尽，令人同情。比起他在家里，我更希望他出去钓鱼，我做家务，照顾奶奶，就像是屋子的女主人一般。我什么都会做，而且毫不夸张地说，我做得很好。我喜欢这样的时刻，我将窗户打开，让远处的海风吹进屋子，让阳光照在桌子和地板上，我打开电视机，哼着广告歌曲，只要不在镜子里或者玻璃窗上偶尔瞥到那个肥大的身体，我都会觉得自己轻盈而美丽，我变得聪明极了，在这间屋子里，像只蝴蝶一样翩翩起舞，像条小鱼一样游来游去，再也没人说我是傻子。说到这里，我觉得有必要澄清一下，我不知道人们对于傻子的定义是怎么样的，我承认我实在是太胖了，为了更加客观一点，我走到了镜子前边观察自己的脸，我的头确实也有点大，但是坐落在这个庞大的身躯上还是挺合理的，我的脖子失踪了，我的手和脚都小小的，看起来有点敏感和小心翼翼。我的两只眼睛，这才是关键，它们离得很远，就像两个同极的磁铁一般互相排斥，这样让我看起来有点像鱼,一条胖头鱼。我曾经试图安慰自己,觉得这样的双眼不但可以看到面前,比起其他人还可以看到更多两侧的景象,这说出去一定很蠢,特别是从我的嘴里说出来。我的声音有点囫囵,每一个字仿佛是在肚子底部咕嘟咕嘟发酵,然后升腾起来的一个气泡,在到达嗓子之前已经破碎了,令人难以辨认。就是这些外在的东西让人们对我的脑子也产生了怀疑,这对我来说一点也不公平。我承认我还有一些奇思妙想,也时常对着什么微小的东西发愣,但这不足以证明我是个傻子,说不定我还是个天才呢,那些天才不都有点怪怪的吗?

电视开始播放我最爱的一个电视剧,片头曲一响起,我就立刻放弃了思考这些烦人的问题,将奶奶也推到电视前,坐在凳子上伸着脑袋,准备欣赏。这个动画片叫作《迎刃而解》,里边的男主人公杰克大叔总是能凭借自己的智慧解决各种各样的难题,在解决问题之前,他都会对某个愁眉苦脸的倒霉蛋挤一挤左眼,这个动作轻松而俏皮,让杰克大叔充满了魅力,看起来聪明极了,这也正是他的招牌表情,在所有的海报和片头上出现,挤一挤左眼,问题就要解决了。他还成了一支洗衣液广告的主角,小朋友将白衬衫弄上了颜料,正愁眉苦脸的时候,杰克大叔带着洗衣液来了,对着小朋友挤了挤左眼,衣服在使用完洗衣液之后焕然一新,小朋友高兴地抱着杰克大叔,他又一次挤了挤左眼,说了句:"轻松牌洗衣液,污渍问题迎刃而解!"我坐在电视机前边,哼哧哼哧地笑着,笑那些滑稽的倒霉蛋,又为聪明的杰克大叔而着迷。奶奶仍然面无表情,我觉得如果《迎刃而解》都不能让她有所反应,那么她绝对只是一摊软绵绵的皮囊了。我时常对着镜子表演挤一挤左眼的表情,一定要轻松而随意,让我看起来聪明极了,再也没有问题可以难倒我。

上次王阿姨来的时候,送了爸爸一件礼物,一个电蚊拍,一个看起来像是羽毛球拍的东西。爸爸如获至宝,每次拿起它都夸赞王阿姨是多么善良,多么贴心。刚开始爸爸只是随便玩玩,由于我们家一直使用电蚊香,所以蚊子并不是特别多,他的动作有点笨拙,有时候很久才能打到一只蚊子,电蚊拍发出噼里啪啦的声音,就像放鞭炮一样,每打到一只蚊子,爸爸都欢欣鼓舞,指着地上的尸体让我来看。后来爸爸掌握了更多的技巧,比如趁蚊子趴在墙上不动的时候,悄悄地举起电蚊拍,覆盖在蚊子上方,这样蚊子飞起来的时候,就会触到电网,一命呜呼了。最刺激的当然是蚊子在空中乱飞的时候,盯紧它飞行的路线,如同打羽毛球一般,做出一个潇洒而有力的挥拍,蚊子应声落地。这样打到蚊子的机会很少,爸爸毕竟年纪不小了,没有那么眼疾手快。渐渐地,爸爸对打蚊子着了迷,屋子里那寥寥无几的蚊子显然已经不够他打的,他拔掉了插座上的电蚊香,以便更多的蚊子在屋子里飞舞,他的技术也越来越高超,越来越有自信。再后来,他甚至在傍晚来临的时候打开门窗,让更多的蚊子飞进我们家里。每次打蚊子的时候,都发出一串串噼里啪啦的声音,电蚊拍闪烁着银色的光芒,整个屋子都弥漫着蚊子被电网烤焦了的味道。我为爸爸有了一个爱好而感到高兴,就像我爱倒垃圾一样,这两个爱好都是那么特别。

他在屋子里时,大部分注意力都在墙上和空中,他的脑袋转来转去,眼睛四处打量,右手紧握着电蚊拍,迈着一字步,慢慢向前,悄无声响,既像一个面色阴沉的死神,又像一只狩猎的豹子。当他发现目标的时候,屏住呼吸,猛地挥起电蚊拍,一只蚊子就被干脆地击毙了。他几乎已经忽视了我和奶奶的存在,他的目光永远在追随蚊子,我真的应该感谢王阿姨,自从有了电蚊拍,爸爸情绪失控的次数也明显少了很多。

当天气预报在讲立秋这个节气时,我才发现夏天已经过去了一大半,王阿姨来我家的次数越来越多,爸爸也时常一副如沐春风的神情,我甚至开始幻想王阿姨成为我们家的一员,成为我的新妈妈。在傍晚时分,我们围绕在餐桌边热闹地谈话,路过的人会从玻璃窗看到这样的画面,黄色暖融融的灯光让我们家看起来温馨极了,餐桌边的每一个人都有着热切的目光,嘴角洋溢着笑意,爸爸的手和王阿姨的手在桌子下方紧紧地握在一起，时不时互相摩挲，而我看起来又聪明又漂亮，就连奶奶都变得慈祥了，我们每一个人都充满了耐心，为甜美的生活而感到满足。

火车每天都会准时鸣笛，这已经成为整个小区住户最期盼的声音，就像是具有别样意义的号角，每次响起，小区里正走路的人也会停下脚步，有的人会走出家门，人们聚成一团，朝着铁路大桥的方向凝望，等鸣笛声停止了，就赶快议论一番。爸爸也不例外，每天的这个时刻，他都会停止追踪蚊子，站在窗前展望未来，一定会说那句话："有了这套房子，升值了一卖掉，这辈子都吃喝不愁了。"仿佛这是他一生中做得最聪明的一件事情。这个夏天过得也不算太糟糕，每当我打开窗户，让海风吹进来的时候，心中还真的洋溢着度假的感觉。虽说我家和大海只有一条马路之隔，可是爸爸还从未带着我和奶奶去海边转转。我幻想着阳光，沙滩，泳装，彩色的游泳圈，沙滩上售卖冰淇淋和冷饮的小贩，还有卖贝壳做成的纪念品的小摊，跑来跑去光着屁股的小朋友，大海中互相泼水的年轻人。当我小心翼翼地向他提出这个建议时，我尽量吐字清楚，尽量让自己看起来聪明点，我眼巴巴地等待着爸爸的回应，有点担心这又将是一阵狂风暴雨，没想到爸爸很愉快地答应了，他说他正好也准备邀请王阿姨一起去海边转转。

我想我从来没有过如此强烈的厌恶感，眼前的景象让我甚至无法再容忍一秒钟。整个海滩都如同已经散场的狂欢派对般冷清和萧条，让人失望极了。灰色的大海在我看来正在以某种频率呼啸着向后退，就像想要挟持着整个夏天仓皇而逃，迟早会消失在天际一般。沙滩上到处都是垃圾和早已冷却的木炭，塑料袋是此刻唯一醉醺醺的主角，时而擦过地面，时而在空中狂舞，嘲笑着我们几个迟到却又盛装打扮的客人。

我的那顶帽子，我一直幻想着有一天可以在阳光明媚的海边戴着它。那曾是妈妈非常喜欢的一顶帽子，而帽檐下边就是她那脆弱悲伤的眼神，妈妈在临走的时候，将它扣在了我的头上，那时候我的脑袋还没有现在这么大，以至于帽檐挡住了我的眼睛，没有看到她跨出门和我说再见的样子。此刻，这顶帽子根本起不到什么防晒的作用，厚厚的云层让大海和天空都是灰白的，失去了界线，我在想那些被钓上来又扔在沙地上逐渐死去的鱼儿，它们身上奇异的色彩是如何渐渐暗淡，就如同此刻，碧海蓝天和明媚的阳光，在呼啸的海风中逐渐消散，呈现出死鱼一般的灰色。

一阵风刮过，我的帽子像被什么隐形的手牵走了一般，在天空旋转了一下，又被丢在了地上，当我甩开双手向前跑去，弓下身子去捡它时，它又一次被隐形的手抛到了远处，我被它戏弄了一番，有点气急败坏。当我气喘吁吁地紧紧抱着我的帽子向后方看时，爸爸、王阿姨和奶奶都变成了小点，他们分得很开，像是被我愚蠢的表演而吸引来的观众。沙滩上售卖纪念品和饮料的小摊早就空无一人，那副破旧不堪的样子简直不能让人相信这里在盛夏的时候真的开张过。当我又哼哧哼哧地向他们跑去时，只有奶奶还坐在轮椅上，在沙滩的边缘一动不动，而爸爸和王阿姨则向海的方向走去。我试图推着轮椅跟上，可是车辙辘陷在沙滩上寸步难行，我使劲踹了几脚，也无动于衷。奶奶的轮椅歪斜着插在沙滩上，她的身子也是歪斜的，狂风吹着她的衣服，发出旗帜抖动的声音，就连她松垮的皮肤也似乎被吹得颤抖起来，有点像是在嘲笑我们来海边散步的主意，她总是这么刻薄，这一点我再熟悉不过了。我妈离开我们之前，她也是经常这样，对什么都挑剔，对什么都不满，糟糕的事情让她发笑，就像这是她一直期盼的一样。她喜欢控制我爸，她认为生出我爸，我爸就要永远地属于她，永远亏欠于她，她喜欢让我妈难堪，特别是当我妈生了我这个"傻子"之后，她的人生简直登峰造极，她像打赢了胜仗一般，像是她以往所有的诅咒都实现了一般。我看着她飞舞的头发，觉得她很快就会被这海风吹得一丝不剩，连同这个夏天一起消失不见了。当我再次向爸爸和王阿姨看去，两个小点并没有离得很近，看不出一点浪漫和亲密的样子,看起来更像是两个为了躲开我和奶奶落荒而逃的士兵。那天分开的时候,王阿姨说我真是个好孩子,从来没有人这样夸过我。无论如何,我觉得自己有点喜欢上她了。

　　小区里边已经陆续有人离开了,大家说着一些告别的话,并且计划着明年夏天再次见面一起玩些什么。还有人说明年再来的时候旁边的鱼塘就会消失不见,新的楼盘就要开始建设了。爸爸一直没有说离开的时间,我想他是不舍得离开王阿姨吧,可是自从上次我们四个人一起去海边散步之后,她就再也没有来过我家。外边的天气已经有点凉爽,早晚出门都要穿上一件衬衣,爸爸也不怎么出门钓鱼了,我有时候朝外眺望,鱼塘边也不再有什么人影。爸爸在家心情不怎么样,时常阴沉着脸,因此我小心翼翼,拼命干活,想要讨好他。即使我看《迎刃而解》的时候,也把电视声音开得很小很小,小到我几乎都听不见了,每次看到好笑的地方,我都是默默地在心中哈哈大笑。每天出门倒垃圾的时候,都是我透一口气的时候,可惜垃圾一天最多也只能倒两次罢了。而爸爸在家常常拿着电蚊拍,四处巡视着,蚊子越来越少了,他开始爬高上梯,进行一些高难度的动作,比如站在窗台上,一只手抓着窗户小小的开关来保持平衡,另一只手举着拍子,想要打死趴在房顶上的蚊子。他有时还会突然对着空中胡乱挥舞一番,打死几只幻想中的蚊子。

我并不是经常想起我那脆弱的妈妈，可是最近王阿姨的面孔总是和妈妈的重叠，我甚至有一点记不清妈妈的样子了。我期待着她能来我家，因为我隐隐约约地觉得，王阿姨的变化一定与我和奶奶有关系，我感觉爸爸就要爆炸了，这将是一次非常大的爆发，而我和奶奶又要成为他"心理活动"的一部分，成为爆炸的中心，那种体验说真的，实在是太糟糕了。我开始祈祷王阿姨的出现，也同时让自己像《迎刃而解》中的杰克大叔一样乐观，真希望他能够来到我家，对我挤一挤左眼，我的一切问题都解决了。我变得聪明美丽，爸爸变得情绪稳定，王阿姨成了我家的新成员，而奶奶呢，最好消失不见了，从来没有存在过，从我们的记忆里、生活中彻头彻尾地剔除了，让爸爸成为一个没有母亲的人，一个不曾经历出生的人，一个谁也不欠的人。这个主意虽然傻里傻气的，一点也不科学，可我就是这么想的。而我也可以自由自在的，再也不用每天和屎尿打交道，再也不用擦拭这具令我恶心的皮囊，再也不用和她睡在一张床上了。

也许是我的祈祷起了作用，在一个明媚的午后，王阿姨来到了我家，按照惯例，我又推着奶奶来到了路边坐着。这种感觉有点像是坐在手术室外边的家属，焦急地等待着医生宣布结果。今天的天气好极了，似乎又有了点夏天的样子，我想如果是今天去海边，肯定会是另一番景象吧。温度有一点高，四处都非常明亮，让我忽然感觉周围的一切都变得异常缓慢，就连知了的叫声都比盛夏慢了几倍似的，这有点像在梦里，一点都不真实，时间被拉长了。我愈发焦躁，趴下身子，头埋在两个膝盖中央，不停地抖动着双腿，这个样子一定傻极了，可是我也管不了那么多了，我怀疑除了我们家，小区里的人已经全部走光了。

园丁推着割草机过来了，他表情严肃，所以我也不准备和他问好，他推着割草机，朝我身后的草地走过来，割草机发出轰鸣声，野蛮地轧过草地。我在这噪音的间隙，好像听到了什么砸碎的声音，赶忙跑过去，偷偷地朝我们家的窗户望去，我看到地上破碎的陶瓷杯子，还有一摊水渍，我看到爸爸在声嘶力竭地说着什么，可是割草机的声音实在是太大了，导致我什么都听不到，我只是觉得屋子里的一切都被静音了，因此变得放大而缓慢。我看到王阿姨的脸，那副表情，实在是太熟悉了，低垂的眼睛，下垂的嘴角，抽搐的鼻翼……脆弱又悲伤，和我妈要离开时一个样。割草机的轰鸣声越来越远了，我看到他们两个人持久地站在那里，什么也不说，爸爸低着头，身体稍稍向前倾斜着，而王阿姨的头歪向窗户这边，我觉得她没有看到我，因为她的目光空洞，似乎什么也没有看。当我转过身，那片草地已经被割好了，让我经常赞叹的马毛一般俊美的草地不见了，它们呈现出一条一条的长方形,是割草机走过的轨迹,不知道为什么,我感到很不习惯,好像在看着刚刚被扔进监狱的囚犯的发型。被割下的草散落在一边,才短短几分钟的时间,它就不再是绿色了,变得灰暗,我又想起了池塘边那些被扔在沙土上逐渐死去的鱼,还有那天大海和天空死鱼一般的灰色。

我和奶奶等到很晚,爸爸都没有像以往一样从窗户叫我们回去。当我自作主张地推着奶奶回家,轻轻地敲门时,我已经做好了迎接狂风暴雨的准备。可当爸爸打开门,他连看都没看我俩一眼,他的手里握着电蚊拍,他抬起头四处张望着,异常平静地说着:"你们两个累赘……王阿姨也被你们吓跑了……"他像是中了邪一般,每走几步就重复一遍这句话,仿佛我和奶奶是躲藏起来的蚊子,爸爸呼唤着我们,寻觅着我们,然后将我们统统打死。我不太认同爸爸这句话,王阿姨一定是被奶奶吓跑的,不是我,因为她夸我是个好孩子,我知道她和妈妈一样,是被奶奶吓跑的。《迎刃而解》就要开始播放了,我知道今天是没法看了,可是那又有什么关系呢?杰克大叔早就住进了我的心里,有什么问题不能解决呢?我第一次感觉爸爸是如此虚弱而无助,一副自暴自弃的样子,也许是让我来解决问题的时刻到了。我走到爸爸的面前,在他的视线到达我的面部时,对他挤了挤左眼,我想我的样子一定像杰克大叔一样潇洒,看起来聪明极了，紧接着我推着奶奶出了门，想一想，我今天还没有倒一次垃圾呢。

外边变了天，气压很低，一片寂静，一些树叶掉在了地上，哗啦啦地划过地面，紧接着，就狂风大作起来，这让我更加兴奋，推着奶奶一路小跑，反复哼唱着杰克大叔的那支广告歌曲。当我来到那片垃圾场，那片空地，路可就没那么好走了，我推着，拽着，拉着，抬着，使出了全身的力气，才能让轮椅继续前行。奶奶的身体在轮椅里晃来晃去，一副无所谓的样子，当我把她推到了水塘边，我看到了地上大大小小的死鱼，很多已经干枯了，还有一些仿佛被什么东西吃掉了身体，只剩下孤零零的鱼头，苍蝇时而停在上边，时而在我面前嗡嗡叫着，似乎要带领我参观它们的天堂。一个一个的小小山丘都是垃圾组成的，有石块、油漆桶、铁架子、坏了的大玻璃，看起来像是一些建筑垃圾，还有没完没了的生活垃圾。一股股恶臭飘来，我不知道小区的那些男人们怎么可以忍受这样的环境，几乎整个夏天都坐在这里钓鱼。我巡视了一圈之后，又回到了水塘边，奶奶孤零零地坐在水边，这幅画面，就像我梦里无数次看到的那样，在她扭过头嘲笑我讽刺我殴打我之前，我快速地走了过去，将她连同轮椅一起推进了水塘里。

雨点打在那些鱼的身上，它们很快恢复了水分和漂亮的颜色,蹦蹦跳跳地回到了水塘里。我两手空空,感觉轻松极了,我终于明白了爸爸那句话的含义:"有点爱好是件好事,总能派上什么用场的!"我小跑着回家,迫不及待地想要告诉他,他的问题已经被我彻底地解决了,也许他会和我拥抱,而且我还幻想着,如果王阿姨和妈妈都回来了,我会选择谁呢?一想到这里,我都笑出了声音。

我的头发和衣服都已经被雨水打湿,我使劲地敲着门,准备像杰克大叔一样告诉他问题已经解决了。我敲了很久,直到我开始感到冷,全身颤抖起来,爸爸也没来给我开门。我跑到外边,趴在窗户上向里边张望着,雨水有时候流到了我的眼睛里,我看的东西有点模糊和变形,爸爸躺在地上,像是从很高的地方跌落下来,电蚊拍早已被摔成一堆零件,散落在他的旁边。爸爸长久地躺着一动不动,我一直贴在玻璃上看着,直到爸爸和整间房屋都已经变成了青灰色,我快要看不见了。远处的铁路桥上又响起了鸣笛声,我条件反射一般用爸爸低沉的声音自言自语着:"有了这套房子,升值了一卖掉,一辈子都吃喝不愁了。"

因为你一直在做梦

我叫球球,这个名字是妈妈取的,她说我从她身子里出来的时候,她感受到了一个球,又圆又滑。可是我一点都不喜欢这个名字,球球听起来像是叫一条胖乎乎的小狗,或者一只毛茸茸的小猫,我们这儿的动物园里,就有一只熊猫叫作球球。而我邻居养了一只金丝熊也叫球球。我长得非常单薄,从各个角度看起来都更像一根木条,而不是一个球。男孩们很喜欢看我掀起衣服吸气,也只有这个时候他们才会想找我玩。每当我颤抖着身体把肚子吸到不能再扁,肋骨一根根紧绷着皮肤的时候,他们都会兴奋地尖叫"骷髅骷髅"。这个游戏让我很有成就感,我在男厕所、教室后边、放学路上、操场上都表演过，甚至在墙角为几个女生单独表演，她们尖叫着"骷髅骷髅"就跑开了，只有一个女孩用手指戳了一下我的一根肋骨，让我一下泄了气。她害羞地跑开了，头发在后背上下跳跃着，从此我也不太热衷于这个游戏了。我的脑袋很小，后脑勺扁平，贴在墙上几乎没有什么缝隙。就连我的眼睛都像一条细小的蚯蚓，它紧张，闪躲，仿佛到处都是刺眼的阳光。我想这个世界上再没有谁比我更不适合球球这个名字了。

我的妈妈，这么开头，我可真不知道如何介绍她了。如果从作为一个妈妈的角度来看，她粗心大意，胆小怕事，穿着奇怪，还有着与年龄不相符的发型，她的声音底气不足，有时候却又格外尖锐。她经常说我是她的好朋友，是她的小战士，我想她也确实更擅长成为这样的角色。逛超市的时候，她比我更了解各种各样的小零食，也比我更热爱那些包装漂亮、造型可爱的零食，比如Hello Kitty形状的棉花糖、小鱼形状的饼干、小兔子形状的巧克力，还有可以凑齐卡片中奖的干脆面，附送一个小汽车钥匙链的威化饼。我总是沉默地拉着妈妈的手东张西望，看别的小孩哭喊着要这个要那个，甚至躺在地上打滚，直到眼泪汪汪地被妈妈拖走。他们一定很羡慕我有这样的妈妈吧，买了这么多漂亮好玩的零食，可事实上到家之后，大部分都被她吃掉了。我几乎对零食没什么兴趣。

我的妈妈还很喜欢逛玩具店,她经常对我说:"走,咱们去玩具店给你买点好玩的。"可是我一点都不兴奋,因为结局往往是她给自己买了点好玩的。比如我想要一个遥控汽车,她却说:"哎呀,那有什么好玩的,你过来看看这个,看这个马车多漂亮啊,回头我的芭比和你的芭比男友都可以坐在里边,多好玩啊!"又是芭比,她买的关于芭比的东西都快堆满我的桌子了,各种各样的衣服、鞋子、提包、桌子、板凳、床,上个月才买了一辆芭比甲壳虫玩具汽车!如果别人进入我的房间,一定会以为这是个女孩的房间。可是看着妈妈闪闪发光的眼睛,和旁边那个趴在玻璃橱窗上看里边娃娃的小女孩一个样,如果我口袋里有钱,一定立刻为妈妈把那辆马车买下来。可是我现在唯一能做的就是忘掉遥控汽车,等妈妈买好,回家拿着芭比男友和她的芭比一起乘坐马车。

"你说,芭比,你今天真漂亮!"妈妈为芭比换上了晚礼服。

"芭比,你今天真漂亮!"我坐在地板上,手拿着芭比的男朋友肯,每说一个字就晃动一下他的身体。

"肯,你也很帅啊!咱们今天坐着马车去哪里呢?"妈妈拿着芭比围着马车转了一圈。

"啊,我要带你去……去……去火星啊。"我拿着肯,看着妈妈，希望她能给我什么提示，可是她只是抿着嘴笑着，好像真的在等我带她去什么地方，直到我说出火星这个词。

"你重新说，说带我去皇宫里跳舞。"妈妈压低了音量和眉头，好像害怕被芭比和她的男友听见似的。

"我要带你去皇宫跳舞啊！"我把肯的胳膊掰直了，做出一副邀请芭比上马车的姿势。

"你不要再给他买这样的玩具，小心玩成娘娘腔！他应该玩玩飞机大炮，或者下楼和小孩们打架！"爸爸不知道什么时候到了我的门口，他斜靠在门框上，一只手在挠着脖子。

"玩你的电脑去吧。"妈妈斜着眼看着爸爸，无论是声音还是语气，都和刚才公主一般的芭比相差甚远。

"哼！"爸爸踢踏着拖鞋走回他们的房间。

"这破门受潮了，变形了，都关不上了！"那边发出巨大的门和门框反复撞击的声音。

"别管他，我知道你永远都不会是娘娘腔，你是我的小战士，咱们玩到哪儿了？肯？"妈妈用芭比的音调细声细气地说着，并把芭比的一只胳膊伸直，抚摸了一下肯的脸。

我当然知道我不会成为娘娘腔，我玩这个完全是为了妈妈。我和她一起度过了太多无忧无虑的时光，比起和小孩们打架、疯跑，我更喜欢陪在妈妈身边，我感到放松，她和我玩的时候，就是一个有耐心、天真可爱的小女孩。她经常说我和她是一条战线的,我是她的小战士,要一起对付爸爸这个大坏蛋。我知道这句话有玩笑的意思,但是我喜欢做她的小战士。有时候妈妈和爸爸会忽然在屋子里追打着玩,妈妈一边大笑,一边尖叫:"球球,快来救我!"我会奋不顾身地扑过去,紧紧地抱住爸爸的腰,阻止他抓住妈妈。记得有一次,爸爸在床上胳肢妈妈,妈妈笑得喘不过气,断断续续地叫着我:"球球,球球,快来救我啊!"我当然第一时间赶到现场,爸爸压在妈妈的身上,我怎么拉都拉不动,于是我急中生智,用手挠爸爸的脚心,爸爸挣扎着闪开了。妈妈也因此获救了。

"这小兔崽子,没白养活嘛!"爸爸一把将我抱在怀里挠我的胳肢窝。

"这小兔崽子,没白养活嘛!"这句话经常出现在爸爸的嘴里,比如他上厕所的时候,卫生纸用完了,他就会在厕所里大叫:"小兔崽子,快给我拿卷卫生纸。"我会迅速地跑到柜子旁,从一大包卫生纸中拿出一卷,再迅速地跑到厕所门口,这个时候一定会有一只手从门缝里伸出来,我就把纸放在上面。紧接着爸爸就会说:"这小兔崽子,没白养活嘛!"

爸爸既然出现了,我就再多说他一点吧。不过我可以肯定,他一定不会讨人喜欢的。怎么说呢,虽然他四十岁不到,可是鬓角就有一点白了,还有点谢顶。不过对于邋遢的他来说,这些并没什么值得在乎的。他很懒惰,对我也有点漠不关心,他说话的声音很大,措辞有点粗鲁,可是不得不承认我有一点喜欢他说话的方式,自己也偷偷地模仿过,比如:"你这个臭娘们儿,饭做好了没有,饿死我了!""他妈的,老子又输了一局!"还有这句"小心老子揍你",他说这句话的时候,会顺便把手张开,做出一副就要揍我的样子。"考试给我考好点,小心老子揍你!""快点把这碗饭吃完,小心老子揍你!"可是在我的记忆中,他根本就没有揍过我。

他平时在家最喜欢玩在线游戏,下象棋、斗地主,除了吃饭和上厕所,几乎很少从他的房间走出来。有时候妈妈做好饭,让我叫他过来吃饭,我走到他的身旁,看到他的脸被电脑屏幕照亮了,彩色的光斑在他的脸上闪烁,就连眼睛也被点燃了,我竟然有一点不认识他了。"爸爸,吃饭吧。""爸爸,别玩了。""爸爸,妈妈叫你吃饭。""他妈的,你这个小兔崽子在一旁啰里八唆,害得老子又输了一局,快滚开!"然后我就滚开了,坐在自己的位置上等待吃饭,我一点也不生气,这就是我们家的生活方式,爸爸肯定会在米饭盛好的时候过来吃饭的。

我有时候在想,妈妈虽然不是什么美女,但也还算是个温柔可爱的女人,她怎么会和爸爸这种人走在一起呢?我经常问妈妈："你是怎么认识爸爸的。"

妈妈会立刻陷入回忆，脸上闪烁着幸福的光辉，开头总是这样的："你爸当年可帅了！"

我只能费劲地幻想我爸当年有多帅，在我的脑海里，他的头发乌黑茂密，身材修长，干净整洁，温柔又有礼貌。这真是差强人意的幻想。

我问妈妈："爸爸为什么不过来和我们一起玩？"

妈妈说："他喜欢玩电脑啊。"她忽然又想起了什么，"你会不会很快长大，也变成你爸那样，天天抱着电脑，再也不理我了？"

我赶忙替自己辩解："可是我不喜欢玩电脑，我们班很多同学也喜欢玩的，我一点都不喜欢。"

妈妈对我的回答很欣慰，她紧紧地抱着我，把我的脸埋在她的胸口，柔软又温暖，浓浓的妈妈味道。我陶醉其中，全身软软的，甚至有一点困了。我模模糊糊地想起爸爸不和我们一起玩，是因为他根本就融不进来吧，因为我才是妈妈最好的朋友，是她的小战士，而爸爸只能嫉妒我，在一旁咒骂我早晚会变成娘娘腔。怪不得妈妈经常在我的房间里搂着我入睡，大概没人想抱着一个有点谢顶，又有点邋遢的粗鲁男人睡觉吧。

昨天，前天，还是前两天，我竟然搞不清楚具体是哪一天了。这是一个无比糟糕的日子。那天和妈妈早上就约好了放学她来接我,然后顺路去超市买点东西。一放学,我就冲出教室,跑到学校门口,在人群中寻找妈妈,找了老半天,发现她还没来,我就站在大门口种着松树的水泥花台上等她。我东张西望,初夏的风吹得人很舒服,我低头晃悠着身体,看到地上有一个冰糕棍,上面爬满了蚂蚁,有点恶心,我往旁边站了站,那里坐着两个女人,应该是在等自己的小孩吧。她们坐在报纸上,其中一个女人很瘦,颧骨很高,跷着二郎腿,另一个比较胖,我从后边可以看到她脖子里的皱褶,她手里拎着一个水壶和一把钥匙。我站得有点累了,就蹲了下来。

"你孩子晚上写作业写到几点啊?"

"哎呀,都写到十点呢,早上六点多又要起床,太辛苦了。"

"我的孩子也是啊,你说这老师怎么布置这么多作业啊。"

"没办法啊,现在竞争多激烈,不努力点不行啊。"

"昨天和我孩子一起出来那个男孩,你记得吗?"

"记得,长得尖嘴猴腮的。"

"他爸爸做大生意呢,听说给老师送过金项链呢。你看,就那边那个女的,是他们家保姆,每天来接孩子。"

"你看马路对面那个女的,穿得太好笑了吧,她难道以为自己还是小女孩吗?"

"脑子有问题吧，一把年纪了还扎两把小辫，瞧瞧那绿色的眼影，跟孙猴子似的。"

她们两个越说越欢乐，头越来越近，瘦女人的脚尖快速地抖动着，胖女人的水壶和钥匙发出一阵阵的碰撞声。我抬头看到妈妈在马路对面，正向学校门口走来，不过她还没看到我。我知道她们两个嘲笑的就是妈妈，我又生气又害羞，不知道应该怎么办。妈妈穿了一件白色的短袖娃娃衫，下边穿了一条有点蓬蓬的短裙，还穿了一双厚底的凉鞋，拎着一个金色的塑料质感的单肩包，她梳着齐刘海，编了两个辫子，脸上有精心化的妆，红红的脸蛋，黑黑的眉毛，绿色的眼影，亮晶晶的嘴唇。我转过身，面对着松树，竟然有点担心她发现我，我感到耳朵都要燃烧起来了，太阳穴突突跳着，虽然妈妈和别人的妈妈有很大的区别，但是她一向都是这样打扮自己的。我又着急，又恼火，忽然觉得这两个女人非常没有礼貌，非常过分，根本是在侮辱妈妈，而妈妈却是那么无辜。我是妈妈的小战士啊，我应该保护她，应该教训教训这两个女人的！我转过身，看到妈妈正在躲闪马路上呼啸而过的汽车，我从水泥台上跳了下来，跳到两个女人的面前，我觉得自己的脸就要被羞恼撑爆炸了，我吸了两口气，发现自己竟然还没想好怎么教训她们。各种各样丑陋的句子在脑海里翻涌着，我咽了一下口水，对她们说："你们两个臭娘们儿，还不赶紧给老子滚!"我不知道自己的语气和音量够不够表达我此刻的心情,但是我看到那两个女人震惊的眼神。

"你这孩子怎么说话呢?"瘦女人站起来揪着我的肩膀。

"就是,你这孩子有毛病吧!"胖女人也站了起来,推了我一下。

我感到光线异常明亮,很不真实,好像自己的什么程序被启动了,一下子就变成了一只发疯的狮子,可是我的身体太小了,说是一只发疯的小狗更为确切。我的心脏疯狂地跳着,我朝着瘦女人的胳膊咬了一口,还踢了胖女人一脚,她们的音调越来越高,我也听到了自己的尖叫,还有大哭的声音。我在她们两个的包围中奋力挣扎,能咬就咬,能掐就掐,能踢就踢,能抓就抓,我已经不在乎那么多了,我甚至什么都没看到。

"球球,球球。"

"你们干吗打球球!快放手!"

妈妈把我揪了出来,用胳膊揽着我,我紧紧地贴着妈妈的腰和大腿。离远了一点才可以看清楚那两个女人,她们仿佛静止了,只有胸口和鼻翼还随着剧烈的呼吸起伏着,显然还没从刚才的慌乱中缓过神。胖女人的上衣被我拽变形了,粗壮的肩膀漏了一半,内衣的肩带也露了出来。瘦女人的脸耷拉着,皮肤松垮,好像一刹那就老了很多,她用一只手摸着另一只手臂,上边有好几道红色的抓痕。我想她们一定明白我为什么发疯了。

妈妈蹲下来检查我有没有受伤，她摸摸我的脸，摸摸我的胳膊，还检查了一下我的腿。其实我一点都没受伤，因为那两个女的显然吓到了，她们张牙舞爪的只是在躲我。

"刚才发生什么事了，怎么忽然就打起来了？"妈妈金色的包蹭到地上了，我看到两只蚂蚁有点犹豫地爬了上去。

"她们，嗯，她们骂我，我就打她们。"我忽然不准备把她们说妈妈的难听话再重复一遍。这样做让我觉得自己很像一个男子汉。"以后不要再这样了，打人多不好啊！"我的额头很潮湿，脖子也黏糊糊的，刚才一定出了很多汗。我抬起头，发现那两个女的已经不见了，围观的人也散去了。我往远处看，在马路车流的间隙中，那两个女的领着蹦蹦跳跳的孩子，沉默寡言，行色匆匆，偶尔向这边投来陌生的目光。我又低下头，妈妈用手指在弹她包上的蚂蚁，她的裙子确实太短了，蹲在那里，我可以隐隐约约看见她的内裤。

"咱们回家吧。"

"不去逛超市了吗？"

"我不想去了，我想回家。"

"好吧，正好我的鞋走起路来好痛啊。"

晚上我躺在床上怎么都睡不着觉，我走到客厅，客厅没有开灯,只有电视机在闪烁着,妈妈侧躺在沙发上在看电视。

"你怎么还没睡呢?"

"我睡不着。"

"走,我陪你睡。"妈妈关了电视,跟着我一起回到我的房间。

妈妈一只手搂着我,另一只手轻轻拍打着我的后背。我闭上眼睛,把头靠在妈妈的胸口,热乎乎的,让我非常舒心。我努力让自己赶紧睡着,我尝试了数绵羊,还数了妈妈拍我后背的次数,不知道过了多长时间,才有了一点点的困意。可我还没睡着,妈妈就轻轻地抽出自己的胳膊,下床走开了,我以为妈妈去上厕所,就等着她回来,刚才好不容易酝酿出来的那一点微弱的睡意,也消失了。我睁大眼睛,竖起耳朵,听着外边的动静,可是并没有冲水的声音,过了很久,也没有妈妈走回来的脚步声。忽然我听见爸妈的房间传来奇怪的声音,那声音非常微妙,我很难形容,像是衣服和被子摩擦的声音,再加上一点点的喘息。我努力捕捉着那边的动静,声音越来越大,我悄悄地坐了起来,准备过去看个究竟。我站在爸妈门口,他们的门因为受潮变形而关不上,漏着很大的缝,明亮的月光透过窗纱照在床上,屋子里的一切都是深蓝色的,我开始看不太清楚,经过仔细地辨认,发现爸爸压在妈妈的身上,妈妈呻吟着,却又没有奋力抵抗,也没有大声喊我过来救她。我不知道现在是不是应该冲进去救妈妈,就像平时爸爸欺负妈妈的时候一样,我甚至看到妈妈的脸转了过来,她皱着眉头,眼睛泛了一下光芒,她直直地看着我。我的心又突突跳了起来,我觉得妈妈可怜极了,爸爸压在她的身上上下起伏,我想妈妈一定担心把我吵醒了,只好忍受着爸爸的虐待。我推开门,冲到爸爸身后,打他,拉扯他,还挠了他的脚心。爸爸妈妈像被我吓到了,妈妈没有感谢我,爸爸也没有大叫:"这小兔崽子,没白养活嘛!"而且我发现,他们两个竟然光着屁股。

"好了好了,没事了,你这是在做梦呢。"妈妈摸摸索索地穿上了衣服,赶忙过来拉着我。

"你骗人,我根本就没有睡着!"我感到鼻头一酸,就哭了起来。

"因为,因为你一直都在做梦啊!"妈妈搂着我,抚摸着我扁平的后脑勺。

"你是说,下午我和人打架也是在做梦的?"我抬起头看着妈妈。

"是啊,你现在也还在做梦呢,等你一会儿醒过来,就会发现,这些都只不过是一场梦呢。"妈妈走到窗户旁边,对着爸爸说,"不信你问问你爸。"

爸爸站在窗户旁边,侧着脸不知道在看着什么,月光勾勒出他的轮廓，我觉得自己根本不认识这个人，直到他抓了抓裤裆，笑着说："小兔崽子你别梦游了，快滚回你自己的房间吧。"

我感觉到放松，这场梦还真够长的，看来根本没人嘲笑妈妈，爸爸也没有欺负妈妈，说不定只有在梦里妈妈出门才会打扮得那么奇怪，爸爸也只有在梦里才是个谢顶并且爱骂人的人，而我也只有在梦里才有球球这个傻乎乎的名字，并且我们家的门也只有在梦里才会变了形关不上呢！我躺在妈妈的怀里，呼吸着妈妈的味道，感觉这场梦很快就要结束了，可不是嘛，天已经越来越亮了。

"小兔崽子，快给我拿卷卫生纸！"

我悄悄地从妈妈身边挪开，快速地跑到柜子旁，从一大包卫生纸中拿出来一卷，又迅速地跑到厕所门口，可是爸爸并没有把手从门缝里伸出来，我只看到了一根弯曲的树枝。我慢慢地推开门，眼前的景象把我惊呆了，半截杂乱的树堆放在马桶上，树枝上挂着爸爸的背心、裤衩，还有两只袜子。

而当我一转身，一个浓妆艳抹的巨大的芭比娃娃向我走了过来。

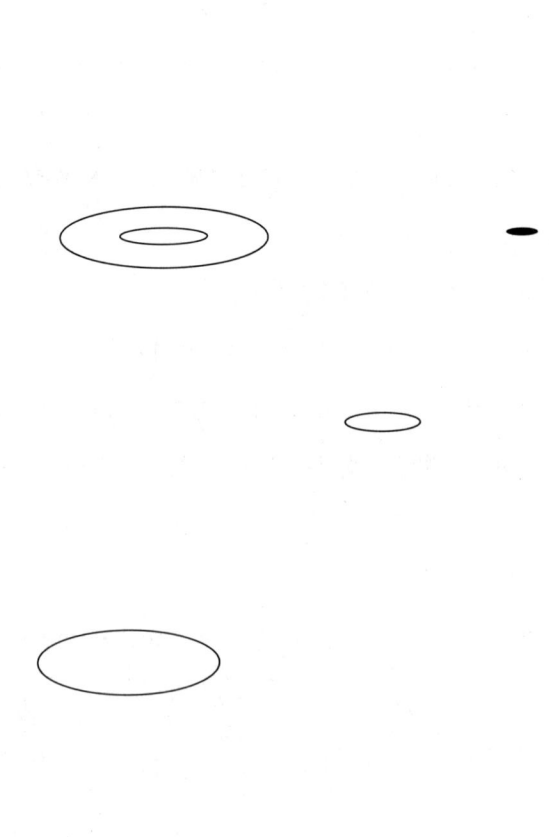

游泳圈

我坐在垫子上，抱着游泳圈吹气。这是去年在路边花了二十块钱买的，半透明的大红色，上边印着可口可乐的标志，体形很大，在一堆卡通图案的游泳圈里格外显眼。虽然租一次只需要五块钱，可是夏天才刚刚开始，一定还会用上很多次吧，我和马柏抱着这样的念头买下了它。在那次游泳之后，它就被扔在墙角，一直想着会再次用到，就没有把气放掉，到了秋天它已经没有那么占地方了，上边沾满了灰尘，蜷缩在角落。

现在的它看起来更像是一摊褶皱的肠子窝在我的怀里，在太阳的照射下散发出劣质塑料的刺鼻味道，黏糊糊地贴着我裸露的大腿。充气嘴又苦又咸,我想这一定是去年海水的味道。我使劲往里边吹气,每吹一口,救生圈就发出嘶的一声,看着它一点一点地鼓起来,像是溺水的人在我的帮助下慢慢恢复生机。吹了很长时间,它才硬挺起来。我感觉有点大脑缺氧,看着游泳圈囚禁了这么多曾在我身体里短暂旅行了一趟的气体,有一点小小的成就感。我迅速地盖上充气嘴的盖子,又小心翼翼地把它按下去,生怕里边的气跑出来一点。我站起身来,感到头晕,太阳穴一阵一阵地刺痛,眼前一片漆黑,没什么东西可扶的,只好紧紧地抓着游泳圈,心里数着"1,2,3,4",一般不出五下,黑暗就会消失。

我向海里望去,看到一些被大海吞噬了身体的人,只剩下一颗颗的脑袋,很难分辨出哪一颗脑袋是马柏的。我将自己的拖鞋分别放在垫子的两个角上,另外的两个角已经压着马柏的拖鞋,这样可以防止垫子被风拐跑。我踮着脚经过一片退潮之后布满密密麻麻螃蟹洞的沙滩,尽量不去看地面,因为这让我感到头皮发麻。马柏走了过来,头发湿了之后,他的头显得更小了,眉毛也贴在脸上,末梢往下耷拉着,看起来有点倒霉又滑稽的样子。他拉起我的手往海里走,我们两个并不能因为这个动作就构成一幅美好的画面,马柏高个子,窄肩膀,长脖子,还有一点驼背,走路一颠一颠的,好像脚后跟从来都不能完全着地,这让他看起来很不真实,像挂着线的滑稽木偶。而我实际上是个矮胖子,穿上连体的游泳衣,就更像一个长脚的鸭梨。我的鼻子很塌,上边架了一副金属框架的眼镜,眼镜片总是油乎乎的,虽然我每天都用水冲洗,可是它依然脏兮兮,让我看东西都不够清楚。游泳我也不会把眼镜摘下来,因为我所谓的游泳,甚至连头发都不会湿。

马柏拉着我向前走,我走得小心翼翼,而且波浪总是向我打来,企图把我推倒在地,每次向前迈步子都有点困难,为了不让其他人注意到我,就用游泳圈挡在身子前边。当海水漫过大腿的时候,我把游泳圈放在水里,让马柏帮我按着,我迫不及待地坐了上去,动作熟练而敏捷,让我暂时忘了自己是个胖子。随着我肥胖的臀部迅速下落,游泳圈会被压在水里,不过它很快就浮了起来,虽然没有多么轻盈,但总之还是可以承受我的重量的。马柏推着游泳圈往前走,就像推着婴儿车,这是游泳过程中最快乐的时段,我用手拍打着水面,马柏哼着自己发明的奇怪旋律。

记得去年,他拉着我的双手,让游泳圈在水里转圈,我仰着脸看着天空旋转的云朵和海鸥,觉得自己就是个轻松快乐的漂亮女孩,和相爱的人在广场上旋转,可是与他目光交会的时候,从他的眼神里看到的却是小猫拨弄毛线球时的好奇与兴奋,而我就是那个被拨来拨去的毛线球。

当水渐渐漫过了马柏的胸部，我们就不再往前走了。"我往那边游一游，你就在这里吧。"马柏从水里伸出一只手，指向更远的地方，一串亮晶晶的水滴从他的手指头上掉下来。我点了点头，马柏就钻到了水里，看着他的小脑袋一上一下，就像个随波逐流的皮球。

其实我也会游泳的，小时候离家不远的地方有一个儿童游泳池，每到夏天那里就是孩子们的天堂。附近很多家长都会带着小板凳，拉着孩子，交上一块钱，就可以不限时间，想玩多久就玩多久。游泳池旁边有很多蘑菇形状的遮阳亭，家长都会坐在那里，一边聊天，一边盯着自己的小孩。不到七岁我就学会了游泳，再也不用游泳圈，爸妈为我感到骄傲，别的家长也经常夸我水性好。我总是幻想自己是一条小美人鱼，在水里自由自在地穿梭。那时候的我不戴近视眼镜，有着一件黄色的蛤蟆皮泳衣，鼓鼓的肚子，扎着两个小辫子，可爱极了。

有一次，我往深水区走，那里没有什么人，水面呈现出墨绿色，平静却又神秘，水里还有一个蘑菇亭，如果我能游到那里，站在蘑菇亭上，应该会让整个泳池的小朋友和坐在周围的家长更加羡慕吧。我游着游着，有一点累了，想站起身来休息一下，谁知脚下全是黏糊糊滑溜溜的苔藓，我没有站住，失去了平衡,在水里翻了个跟头,我慌张地睁开眼睛,看见绿色的模糊光线,看到自己吐出来的泡泡,我挣扎了好久,也没有看到水面,觉得头晕无力,好像掉进了深渊,永远都不能把头露出来一样,发出的声音也像是被闷在罐子里,没有人可以听见。就在我感觉自己要死了的时候,一个大人用胳膊揽住我的胸部,把我捞了起来,抱着我上了岸。我没有哭,只是很冷,浑身颤抖,我甚至没有看到救我的人的面孔。我感觉很多家长围了过来,他们说些什么我也听不清楚,就像我刚才在水底呼喊的声音一样沉闷模糊。直到看见大门口卖冰淇淋的老奶奶,我才回过神,妈妈已经给我换好了衣服,正拉着我回家,并没有像往常一样给我买一个冰淇淋。就是从那次开始,我再也不爱游泳,即使偶尔游泳,我也一定带着游泳圈。

　　我从来没有给马柏讲过这个故事,他似乎对很多东西都不太感兴趣,他从不主动聊到过去,也从不憧憬未来,即使现在,他也总是心不在焉。在四周无人的大海里,马柏也不会和我拥抱,这些都是漂亮女孩和漂亮男孩的权利吧。和马柏在一起三年了,在同事和家人看来,我们两个十分般配,在我自己看来,这种般配大概是因为我们两个都很丑,而且平凡至极,也许没多久我们两个就要结婚了,这件事情就好像必然会发生一样,然后我们会生下一个又丑又笨的小孩。马柏脾气很好,也懂礼貌,从不与人争执，有一份稳定的工作，虽然工资不怎么高，但除了生活必需品以外，我们也很少买什么东西。他有点怪怪的，就像他一跛一跛的走路方式，无论在哪里都觉得他有点不合时宜和心不在焉。即使在和我做爱的时候，他的头都会转向窗户或者墙壁，不知道在看着什么，他的头发在头顶像不断被抛起的鸡毛掸，这个画面让我感到不安，就像小时候看到同学犯了癫痫在地上抽搐一样，令人不知所措，我根本无法把注意力集中在做爱这件事上。

我低下头，看到自己黑色的游泳衣因为沾了海水而变得湿滑，包裹着我圆鼓鼓的肚皮，活像一只黑色的海豹正躺在礁石上晒着太阳。我想马柏可能不太喜欢我的身体吧，但是也从未发觉他对其他的女人有什么特别的兴趣，甚至觉得他根本不爱和女人打交道。反过来想想，马柏那细小的下体，也从未让我有过快感，他狭窄的肩膀和单薄的身体，时常让我觉得即使把他整个人都吞下去，也不会感到充实和满足。

记得我们刚被同事介绍认识的时候，彼此虽然没多么喜爱对方，但也没多么讨厌对方，顺其自然地就在一起这么长时间，相安无事。马柏喜欢做饭，我喜欢吃饭，马柏喜欢擦桌子拖地，我喜欢刷碗洗衣服，马柏不太爱说话，我却很喜欢抱怨。要说共同的爱好，也有很多，比如我们两个都喜欢看电视，马柏看什么台都行，所以遥控器往往在我的手上，我们两个都喜欢对比商品的价钱，比如一瓶酱油，我们会对比哪个超市便宜，对比各个品牌，对比价钱克重还有生产日期，最终权衡了各方面，一同做出决定。我们两个都不爱交朋友，也几乎没有朋友，还有，我们两个都不吃辣椒，也不爱吃葱，这也可以算是共同的爱好吧。他的缺点很多，比如前边说过，奇怪的走路方式，心不在焉，头很小，一点都不浪漫等等。我的缺点也很多，比如太胖，近视眼，睡觉打呼噜，做事拖拉等等。可是这些并没有足够的破坏力量来拆散我们。当然我也幻想过和马柏分手，因为有些时候我觉得很无聊，甚至可以幻想未来十年、二十年、三十年的生活，除了我们在变老以外，一定不会发生任何的改变。一想到这些，我就很想离开马柏，开始新的生活，就好像马柏是我人生的绊脚石，认识他是我这辈子最倒霉的事情，可日子就这样在超市、厨房、电视机前一天一天地过去了，平淡却又坚硬，似乎从没有什么缝隙可以让我钻出去。有时候我也会思考，马柏爱我吗，或者说我爱马柏吗？可是爱又是什么呢？如果我认为，只有谁先死掉了，才会把我们分开的话，这是不是就叫爱呢？

我喜欢这样躺在游泳圈上，整个身体都不会被大海吞噬，这样我的脚也不用着地，就不会踩到什么令人恶心的东西，塑料袋，水草，还有我幻想中的海怪……当然也不会有什么石头或者酒瓶割破我的脚底。我偶尔看看周围的人们，光着屁股的小孩在沙滩上挖出水坑，几个年轻人在互相泼水和追打，两个穿着比基尼的女人在往海里走，看来穿比基尼也不一定都是好身材，她们肚子上的赘肉和胸罩旁边的副乳让我窃喜。更远一点的地方，有人在沙滩上拍婚纱照，大红色的婚纱非常醒目，可是我一点都不喜欢这个颜色，甚至觉得那个女的很做作。我拨一拨水，就可以换个方向，远一点的地方有两艘渔船，上边放着流行音乐，我很惊讶即使离这么远，也可以听见有力的鼓点，我用一个手指头放在眼前，就可以托起小小的渔船。水越深的地方人越少，我发现远处有两个脑袋离得很近，不对，完全是贴在一起的！虽然看不清楚他们的脸，但是可以想象是一男一女抱在一起，他们会在大海里做爱吗？真的有人在大海里做爱吗？这个念头让我觉得很恶心，仿佛可以看到一大群蝌蚪在海水里游来游去，我用手拨着水面，企图离那个方向更远一些。

看了一圈，有点累了，我歪着脑袋，把耳朵贴在游泳圈上，听见细小的波浪声，他们被游泳圈放大了，清脆美妙，一波一波和游泳圈用同样节奏在海上荡漾着。我觉得很舒服，全身软绵绵的，那些乱七八糟的念头都被海浪渐渐带到了远处。

游泳圈渐渐变大了，就像床一样舒服柔软，我躺在上边哼着歌，周围一个人也没有了。我感到有什么东西钻进了下边，紧接着肚子就一点一点地鼓起来，就像刚才被吹气的游泳圈一样，眼看着他就要大到挡着我前方的视线了，我大声叫着："马柏！马柏！"只见马柏从远处过来，可是他的脸却看着相反的方向，我只能看到他湿漉漉的后脑勺，我的肚子已经把我的游泳衣撑破了，我赤身裸体地躺在游泳圈上。紧接着，一个巨大的滑溜溜的东西就从我的下边挤了出来，它竟然可以站在水上，它有着小小的脑袋和大大的身体，发出嘶嘶的尖叫，全身沾满了黏液，肮脏丑陋，他向马柏扑去，直接就把马柏的脑袋拽了下来像踢球一样踢到很远。

"喂喂，你睡着了？"马柏晃着我的一条小腿。

我睁开了眼睛，倒吸一口气："刚才做噩梦了。"我的心脏还在扑腾扑腾地跳着，游泳圈因为慢撒气变得软了一些，因此我也跟着一起在海水里陷得更深了。多么希望马柏可以过来安慰我一下，哪怕说句："这样睡觉也太危险了吧。"

"你练习过憋气吗？"马柏用手刮着他脸上的海水，甩在一边。我惊魂未定，也不想搭理他。

"我可以憋气两分钟，你来数数，一二三开始！"马柏说完就一头扎进了水里。我根本不想参与他这个无聊的行为，更没有心情帮他数数，我想回家了。

马柏捏着鼻子蹲在水里，头发像水草一样飘荡，偶尔有一两个气泡冒上来。过了一会儿他换了个姿势，趴在水面上，伸展开四肢，在波浪的折射下，有一点变形，很像一张过塑的宣传画漂在水上。又过了一会儿，他没有任何动静，我有一点担心，可是这个担心转瞬即逝，我又没有数数，也许才过了十几秒吧。自从有了这个念头，就觉得时间过得很慢，到两分钟了吗？也许还早吧。我盯着他，纤细的四肢，苍白的皮肤，还有随波漂荡的头发，越看越像一具尸体，没有一点生气。时间还没到吗？如果他真的忽然死了，我的生活就要重新开始了。我怎么会有这样的念头呢，这说明我可以确定他不会死，所以就是一通瞎想。我是说如果啊，如果他真的死了，那么我可能就会遇见另一个男的，不说帅气迷人，至少看起来体面一些，他会经常对我说喜欢我，也许还会在海里和我拥抱呢，说不定我还会为了新生活减肥呢，我会变成一个漂亮的姑娘，有着苗条的身体，长长的头发，当然还要做一个治疗近视眼的激光手术，这样就永远不用戴眼镜了。他不会真的死了吧，天啊，我要不要救他。应该不会的，我真是瞎想啊，可能才过了半分钟呢。他要是真的能死就好了，我不会特别伤心的，我终于可以摆脱他了，摆脱现在的生活，可以换个城市，换个工作，一切重新开始，我可不想就这样跟他结婚了，生小孩，就这样过一辈子。我怎么会有这样的想法呢，他到底有事没啊，这应该不止两分钟了吧，早知道我就数一数了。唉，算了，真是胡思乱想，不就是憋气嘛，从来没听说过，谁因为憋气死掉了呢，而且水又没多深，站起来才到胸部而已。我可以感觉到自己的心脏越来越快地突突跳动，我的游泳圈也越来越瘪了，我的屁股和小腿已经全部陷在海水里了。我有点生马柏的气了，为什么非要练习憋气呢？又没有人要掐死他。就算他真的这样死了我也不会救他，他这样的人，在这个世界上真是可有可无，就连走路都一副不着地的样子。只有他消失了，我的未来才会改变吧！好像真的不止两分钟了，太阳都开始下落了，天色渐暗，可是他看着丝毫未动，甚至比以前更加苍白，还有一点发青。

　　我不知道是紧张还是有点冷，全身战栗着，我用手拨着水好离他更近一些，我伸出一只手去翻动他，就像在翻一张算命的纸牌，但是我却不知道自己是希望他死了还是没死。他忽然扑腾了一下，推开我的手，换了个姿势蹲在水里，捏着鼻子，从水面往下看，他的整张脸都使劲挤在一起，皱皱巴巴，万分痛苦的样子。我忽然觉得愤怒，是因为他让我担心了？还是因为他根本没死而让我感到失望呢？眼看着他就要起来了，我伸过去两只手使劲按着他的头，他挣扎着，透过布满水珠的镜片，我看到他细长的胳膊在水面上挥舞，就像两根搅动锅里面条的筷子。我使出全身的力气压着他，我甚至从游泳圈上掉了下来，双脚踩在地上，我就像一个高大威猛的打手在制裁一个单薄懦弱的叛徒，我想起在超市捏碎的饼干，想起飞到胳膊上被我捏死的瓢虫，想起被我掐哭的小表弟……直到我的眼镜不见了，眼前一片模糊，直到他的指甲在我肥胖的胳膊上划开了一个口子，鲜血流了出来，我松开了手，马柏的脑袋冒了出来，使劲地用嘴巴吸了一口气，我有点想哭，往旁边走了几步，抓住我那即将飘走的游泳圈。马柏跟在我的后边，问道："我憋了多久？有没有两分钟？是不是最后差几秒就到了？你怕我还没完成就站起来吧？但是我实在是憋不住了。下次戴个手表，这样数也不一定准的。"

"你知不知道世界上憋气时间最长的人能憋多久？有人能憋气十几分钟！"落日把云彩全部染成了红色，我拖着泄气的游泳圈往前走，看不太清楚岸上影影绰绰的人，我把游泳圈扔在沙滩上，它就像一只搁浅的水母。我看着胳膊上的伤口，知道没有多久就会愈合，消失，像从来没有出现过一样。

傍晚的海风有点凉，马柏被吹得嘴唇发紫，起了一身鸡皮疙瘩，我递给了他一条浴巾。

"你的眼镜呢？"

"刚才被你打掉了。"

"那我去找一找。"

马柏把浴巾扔给我，双手交叉着摩挲着手臂，一颠一颠地往海里走去。

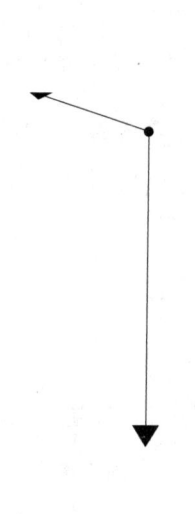

时间被轻松地打发了

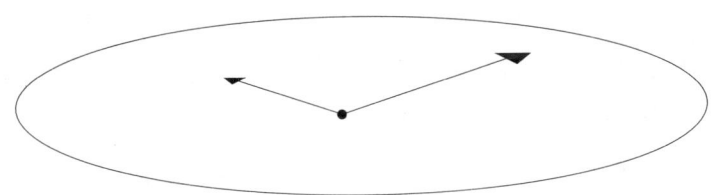

当眼睛慢慢适应外面明亮的光线，我看到大门正前方的地上，有一团毛茸茸的东西，再仔细一看，竟然是一只猫，黄白相间的斑纹让我一下就认出来，它是咪咪。它好像变小了，闭着眼睛侧躺在地上，身子下边一摊暗红的血，像是它的影子，它的毛在微风中颤动着，被阳光镶了一圈金色。我的脑袋一片空白，温热的空气让我觉得一切都很不真实，非常缓慢，我蹲下来抚摸着咪咪，就好像它会立刻翻过身子抓我的手玩。我抬起头看到七楼开着的窗户，几分钟前，咪咪就是从那儿一跃而下，窗户外有晃动的树枝、飞扬的柳絮、叽叽喳喳的小鸟，这些都足以让好奇的咪咪跳进这个充满乐趣的窗外世界。而我就是那个出门忘记关窗户的粗心主人。

这个地方好像没有什么春天,冬天刚刚结束,气温就一路上升,出现了夏季的幻象。虽然我起得不算太晚,但在衣柜里翻来翻去却浪费了很多时间,试了好几身衣服都觉得不合时宜,这让我折腾了一身汗,只好打开窗户透透气。昨天穿的那件有着毛领的棕色呢子大衣,就是现在趴在椅背上的那件,让我像一只忽然出现在城市里的骆驼,而不是在遥远的沙漠或者被关在骚臭的动物园里。街上的女人全都商量好了一般,穿着干净鲜艳的衬衫、短裤、连衣裙。她们迫不及待地摆脱了棉袄的束缚,在迅速升高的温度中获得自由,在我看来,她们和这早产的夏天是一伙的。当然还有明晃晃的阳光,路边卖冰淇淋的小贩,就连手心里滑腻的汗水都在提醒我,冬天虽然刚刚过去,春天虽然刚刚到来,但是现在,此时此刻,却突然成了夏天。我想唯一和我站在一起坚持真相的是窗外漫天飞舞的白色柳絮。

看着离上班的时间越来越近,我有点气急败坏,做什么动作都发出很大的动静。咪咪以为发现了一个玩捉迷藏的大好机会,它钻到衣柜的角落,小心翼翼地弯曲着四肢,两只瞪大的眼睛在阴影中泛着亮光。这件酒红色的丝质连衣裙很显眼,我刚取下来,咪咪就扑了上去,尖利的爪子抓着衣服,让裙子正面的下摆皱巴了起来,像一团廉价的被扔掉的窗帘。我拿起衣架,追赶起咪咪,它兴奋地跳来跳去,搅乱了原本在光柱中慢慢旋转的灰尘,一溜烟钻进了床下。看着缩成一团的裙子,其实也并不觉得可惜,甚至有点如释重负,这条裙子本来就不适合我,那贴在身上清凉滑腻的感觉让我恶心。裙子是小磊送给我的,他总是送给我一些完全不适合我的东西,而事实上,连他这个人都不适合我。我把裙子塞进了一个塑料袋,准备扔到楼下的垃圾箱。眼看着就要迟到了,我随便套了一件帽衫,这件衣服是上学的时候买的,袖口都磨破了,放在衣柜深处好久没穿。

我蹲在地上,帽衫散发着一股强烈的樟脑球味,我有点不知所措,却流不出一滴眼泪,这让我觉得自己很残酷,如果小动物死了,主人不是应该哭得死去活来吗?我一边责怪自己忘记关窗户,一边惊讶于自己竟然没有大哭,这些念头让我更没法投入到咪咪已经死掉了这件事中。我用一只手哆哆嗦嗦地抓起咪咪的一只爪子,咪咪柔软得像是没长骨头,我把它放进了塑料袋里,它就和那条裙子一样安静地团在里边,软软的,可以成为任何形状,就好像它从来没有过生命,从来没有弓起过后背,竖起全身的毛,从来没有过锐利的指甲,从来没有翘起尾巴,从来没有狂奔和跳跃过一样。

我拎着塑料袋站起来,那摊暗红的血却粘住了我的视线,它平静发光,像一块巨大的宝石,可能不用很久就会有路人踩上去,有车轮子滚过去,也许还会有成群结队的蚂蚁和苍蝇聚集在上面。我把东西放在路边,从花园捧了些土撒在上面。我不知道把咪咪装进塑料袋要带到哪里,可是一定不会把它留在这里,这个院子里只有几棵矮小的冬青,从来没有人修剪,张牙舞爪,叶子上落满了灰尘,到了傍晚,经常有人带着狗出来散步,它们在地上四处拉屎,在车轮子和冬青树旁撒尿。我拎着东西往前走,觉得塑料袋越来越沉,在我的手上勒出两道紫红的印子。马上就走到店门口了,看着马路上川流不息的汽车和路边混乱的商店,我不知道自己该继续往哪儿走。虽然拿着一只死掉的猫上班有点奇怪,但是已经迟到了这么久,也许老板已经从那个巨大的玻璃窗看到我了。也许等我再打开袋子的时候,咪咪已经活过来了。我推开书店的大门,老板就站在门口。

"对不起,我迟到了。"我并没准备把迟到的原因告诉他。

"没关系,反正我今天也没什么事,看你一个人从早到晚也挺辛苦的,想着再雇一个人上晚班,这样你就可以早点回家休息。"老板指了指大门上贴的招聘广告。

这广告一看就是老板拿水彩笔自己写的,一笔一画,非常认真:"招聘店员一名,工作时间下午六点至九点半。月薪面议。"

"那很好啊。"我心里有一点失落,因为以前九点半下班,回到家看着电视很快就睡着了,如果六点就下班,天都没黑,真不知道自己可以干点什么。

我跑到收银台里,把我的包和咪咪放进柜子,我弯着腰把头伸在柜子前,敞开袋子,可是咪咪仍然一动不动。我去卫生间拿起抹布开始一天的工作,可是满脑子都是咪咪躺在水泥地上的样子。我的工作虽然时间很长,从早上十点到晚上九点半,但是一点都不忙碌,早上打扫一下卫生,擦擦桌子和玻璃,拖拖地,拿鸡毛掸把书上的灰尘扫掉,接下来的大部分时间就坐在收银台收钱。

老板一般在书架附近为顾客介绍一些书,空闲的时候,他就在窗户旁边坐着,翻看新书。我特别佩服老板可以看那么多书,从不厌倦,每次有顾客来,他都能滔滔不绝地和顾客聊书,他可以洞察顾客的需要,推荐的书顾客都非常满意。虽然我在书店工作,却一点都不爱看书,老板也经常给我推荐一些书看,可我从来只是盯着书皮,我喜欢看书的字数、页数、定价,甚至连条形码都可以看上很久,书皮后面总是有一些极力推荐此书的话,虽然我看得云里雾里,却记住了一些没看过的报纸的名字:《泰晤士报》《洛杉矶时报》《卫报》《纽约时报》等等。我想这些报纸一定很高级,一定很没劲,一定不会报道什么杀人放火,还有明星的八卦。书皮上最吸引我的部分是作者出生以及死亡的年份，比如我手上这本"菲茨杰拉德（1896—1940）"算一下，他四十四岁就死了，真是英年早逝啊，不过出生在十九世纪距离现在真的很久了。再比如这一本"帕慕克（1952—）"，这样我就松了一口气，还没死，然后我再算一算他今年多大年纪了，六十多岁，还不算太老。算完作者的年龄之后，这本书就对我没有任何吸引力了。由于看了很多书皮，我也算一个业务熟练的店员，比如来一个人问我有什么书，我大概都知道有没有，摆放在哪一片。我记得很多书的名字和这些作者的名字，我甚至能说出某个作者在我们书店有哪几本书，这些都叫我很有成就感。这些人名和书名说出口都是那么优雅动听，甚至让我觉得自己也有那么一点点与众不同了。不过这些丝毫不能让我翻开一本读下去，我和书里边密密麻麻的黑色印刷体，就像水和油一样无法融合。

  我经常坐在收银台玩手机，实际上也没什么好玩的，或者抠手指，咬嘴唇上的干皮，然后发愣，用老板的话来说，我有点心不在焉。总之我一天的大部分时间实际上都是在打发时间，如果把这个问题扩大了来看，每一年的大部分时间都被我打发掉了，很有可能我一辈子的大部分时间都是被打发掉的。以前上学的时候，每节课都在打发时间，发愣，睡觉，不停看表，后来上班也在打发时间，下班回家还是在打发时间。还好我不经常思考这些问题,我只是觉得这个工作很舒服,很安静,没什么压力,也没有竞争,人们都沉浸在精神的世界里,说话细声细语,态度温和,时间在这里好像静止了,或者说消失了,打发起来一点都不困难。

有时候我也会在没有客人时,趴在桌子上偷偷看着老板,他一点都不像个喜欢看书的老板,说得难听点,他一点都不像很有思想的人,因为我从很多书皮上看到,有思想的人都有严肃的眼神,还有大胡子。而他长得太普通了,个子不高,头发不长,不胖不瘦,最重要的是,连个眼镜都没有。第一次见他就觉得好像在哪里见过这个人,也许每个来书店的人都会有这种感觉吧。老板总是一副不急不躁的样子,无论和我还是和顾客说话都是态度温和,有时候看着老板令人舒心的一颦一笑,还有他恰到好处的手势,会忽然觉得不真实,好像在看电影里的人物,一位很有礼貌的绅士。随着我观察的时间越来越多,偶尔也会有所收获,比如有一次我发现他看什么书看得太投入了,慢慢就噘着嘴,鼓起腮帮,皱着眉头,就像一个生气的小孩,那样子可爱极了。还有一次,我竟然发现他把一个手指放进了鼻孔,我想就是从那个时刻开始,我和他有了一点共同的秘密,重要的是,他在我眼里不再是一个不真实的人。以前我甚至不敢想象他会和女人谈恋爱,可是从他把手指放进鼻孔的那一刻起，我就有一点喜欢他，并且可以尽情地胡思乱想了。

可我今天满脑子都是咪咪，它虽然藏在我腿旁边的柜子里，但是却在我的脑袋里疯狂乱窜。我有点怨恨小磊，他以为送给我一条红裙子、一只猫，我就会穿着红裙子，抱着小猫，变成他想要的那种优雅性感的人吗？可我根本就是个平凡又无聊的人，我唯一擅长的就是下班之后窝在沙发里看电视，然后，慢慢就睡着了。他离开我是对的，咪咪离开我也是对的。我不喜欢和它玩捉迷藏，我厌烦每天给它清理粪便，我受不了猫尿的骚味，我经常忘记给它添猫粮和清水。对于猫来说，我也是个无聊透顶的主人。那摊血像耀眼的光斑在视网膜留下的亮点，无论我看什么，它都歪歪斜斜地重叠在上边，那是我和咪咪之间的秘密，它见过我上厕所，洗澡，见过我在沙发上流着口水睡觉，见过我在茶几上狼吞虎咽地吃一碗泡面，见过我把一块掉在地上的菠萝捡起来直接吃掉，见过我和小磊从接吻到分手的全过程，甚至每一次我们做爱它都在旁边，有时候还参与其中，不停地扑向我们晃动的腿。如今它把这些秘密都留下来了，在光天化日的马路上，黏稠的一摊。

"请问这里有字帖卖吗？钢笔字的。"一个上了年纪的胖女人来到收银台，贴得很近，确切地说，她的胸都放在了桌子上，她拎着布包，里边还冒出来一截新鲜的芹菜。她呼哧呼哧地喘着气,那可不是什么简单的声音,夹杂着鼻子的呲呲声,嗓子眼的呼噜呼噜声,像一个不堪重负的老机器,我想她靠着收银台,至少可以缓口气休息一下。

"不好意思,这里没有。"她把我脑袋里的咪咪吓跑了,我闻见一股老年人身上特有的气味,好像打开装满杂货的抽屉,里边有过期的药丸,针线,扣子,螺丝帽,钥匙链,没电的电池,硬币,玩具的一个胳膊,还有麝香味的膏药。

"小姑娘,你知道哪里有卖的吗?"她换了一只手拎她的布包。

"新华书店应该有吧。"我发现我有点喜欢这种味道。

"谢谢你。"她转身呼哧呼哧地走开了。她出了门之后,在门口又站了一会儿,左右看着,不知道是在休息,还是想着新华书店在哪个方向。

一个年轻的男孩风风火火地跑了进来,看起来像刚毕业没多久,还没到收银台,他就问我:"有没有注册会计师考试的书?"

"没有。"

"公务员考试的书?"他越走越近了。

"没有。"

"计算机考级的书呢?"他已经走到我的跟前了。

"没有。"我听到这种考试的名字就很烦,更何况他说出了三种。

"什么书都没有，开什么书店？"他冷笑了一下，手拨了一下油乎乎的刘海。

"我们这里只卖文艺类的书籍，这里没有考试书！"我的火一下就蹿了出来，这句话是照搬老板的，可是我的语气和他的简直是天壤之别。不过说句实话，我也不知道文艺类书籍具体是什么意思，不过这个词让我觉得很高级，从我的嘴里跑出来，让我自己都一下子高级了起来。用我简单的分类办法，就是有用的书我们书店都没有，比如各种考试书、教材、字帖、地图，还有那些教你怎么发财、怎么减肥、怎么升官，这些一看就有什么明确目的的书，我们书店统统没有。而除此之外，那些没什么用的书，比如诗集、小说、哲学、散文之类的，我们书店应有尽有，而看这些书的人在我看来才是真正的看书之人。

"考试书都没有，开什么书店。"他一边嘟囔着一边快速跑出去，就像要立刻奔赴考场一样。

老板手里抱着沉沉的一摞书，一边和一位老顾客交谈，一边往收银台走过来，那摞书挡住了他的视线，因此他歪着脑袋，样子有一点滑稽。老板把书放在收银台上，我开始拿扫描器对准每一本书后边的条形码，我喜欢听扫描器发出的滴滴声，还有小票打印的声音，虽然书卖多少跟我也没多大关系，但是一看到有人买很多书，我就很有成就感。

"一共是五百九十元,给您打八折之后是四百七十二元。"我照着显示器上的数字念给顾客听。

顾客是个戴眼镜的中年男人,他低下头从钱包里掏钱的时候,本来精心摆放在头顶的几绺头发滑了下来,他赶忙抬起头把头发又放了回去,装作很随意的样子,把钱递给我。老板在一边整理书,拿报纸和尼龙草将书打成端端正正的两个不大不小的包。他的动作非常娴熟,还有奇特的节奏,这让我很着迷。

"译林新出的这一套卡尔维诺,到齐了我给您打电话。"老板微笑着说。

"好的。"这位顾客将我找给他的零钱和小票塞进了上衣口袋。

"我帮您送到车上吧。"

"不用了,我自己一个人就行!"这位顾客拎着两个包,准备离开。

"耶茨的书也很棒的,您先看这本,如果喜欢,书店还有他其他的作品。"老板帮他打开了大门。

我想这位中年男人一定说了一句什么,可是声音被关在玻璃门外了,我只能看到他的背影和被风吹起的头发。

"你先去吃午饭吧。"老板向我走来,看起来心情很不错。

"那你想吃什么,我给你带回来吧。"每次出去吃饭,我们都会互相帮忙带饭。

"鸡蛋炒米。"其实他不说我也知道答案，老板的食谱非常简单，好像一年四季都是炒米，他就没有吃烦过。

实际上我一点都不饿，虽然早上也没来得及吃饭，但是发生了这样的事情让我一点胃口都没有，从这一点上看，我并不是自己想象的那么冷酷无情。我决定出去转一下。往西走大概十分钟，有一个滨河公园，说是公园，实际上什么都没有，就是一条河从那里流过，河边有草地、柳树，有一对对的情侣和吃完的零食袋，还有等着捡饮料瓶卖钱的老太太。这里很安静，风景也不错，在这个干燥的内陆城市，有条河经过的地段绝对是风水宝地，我想不如晚上把咪咪带到这里，找一片干净的草地，把它埋起来，这样我以后还能经常来看它。做出这个决定之后，心里轻松了一点，我看见不远处的草地上有一个染着黄头发的女人躺在男朋友的怀里，仰着惨白的脸，眯着眼睛，那个男孩时不时地低头亲她，从我这个角度看，有点像小鸡啄米，一个老太太倚在柳树上，盯着男孩手中快喝光的饮料瓶，一直在等待时机，免得被其他人抢先了。我快步离开，走到小吃店，要了一份炒米，带回了书店。

老板坐在收银台吃炒米，我把大门和窗户都敞开，因为我不喜欢书店里有一股饭味，老板很赞同我的这个观点。我说我喜欢书的香味，老板的头点得更厉害了，用赞赏的目光看着我，仿佛我是他的得意门生。

"为什么没有一种香水是书的香味？"

"这个想法不错。"他笑眯眯地看着我，嘴里嚼着一口饭，口齿不清地说，然后使劲咽了下去。老板吃饭的时候一点都不优雅，狼吞虎咽，现在，他的脸上沾了一粒米，这让我觉得他很可爱。

"对了，晚上下班，你有事吗？我想跟你说点事。"老板低着头收拾他吃完的垃圾。

"你要开除我？"我愣了老半天，才想起老板在门上贴的那张招聘广告。

"当然不是。要不，我送你回家？"老板挂着一粒米说话的样子很好笑。

送我回家是什么意思？他喜欢我？这不可能，我连书都不喜欢看，他一定喜欢穿着长裙，留着披肩长发，一边抚摸着小猫，一边看书的女人，应该还听着音乐，喝着咖啡，哦对了，应该还会写诗呢，说不定，还会弹钢琴！可我只想着回家看电视。除了小磊喜欢过我，还没有男的喜欢我，最后连小磊也不喜欢我了，我想，这下真的没人会喜欢我这样无聊的人了。

"晚上再说吧，我去里边整整书。"老板看我愣在那里，赶紧说句话打破这份尴尬。

我坐在收银台里边,心里一团乱麻,今天真是奇怪的一天。我希望能多来几个顾客买书,能让我忙碌起来,这样我就不用坐在这里胡思乱想了。

书店的门被推开了,进来一个矮小瘦弱的男孩,头发奇怪地歪向一边,肥大的深灰色运动外套下边配了一条黑色西裤,穿着一双黑白相间的"阿迪奈斯"旅游鞋,像是从乡下来的。他走起路来很不协调,但仔细看也没有走成一顺,只是肩膀时不时地耸一下,好像有点无奈的同时,又有点不屑的样子。

"你……你……你们招人是……是吗?"他口音很重,可能是南方人。

"你稍等一下,我去叫老板。"走到里边,看到老板正在来回踱步,焦躁不安,嘴里念念有词。

"老板,有人来应聘。"我觉得打断他非常尴尬。

"你没男朋友是吗?"老板倒没觉得尴尬,径直走过来,很着急的样子。

"上个月分手了。"我的心扑腾扑腾乱跳,连脖子那里的脉搏都跟着跳动。

"一直想着跟你说,唉,但是我担心会吓到你,不过我想你现在已经知道了。"老板说得很急促,仿佛错过这一会儿,就再也来不及了。他离我很近,鼻子里呼出热气,额头上的汗珠在阳光下闪闪发光。

"我,啊,有个人来应聘。"我舔了舔干裂的嘴唇,一股腥味。实际上,我想说的是我喜欢你,我更想说做我男朋友吧,可是这些话在干涩发紧的喉咙里卡住了,我甚至想直接扑到他的怀里大哭一场,告诉他我的猫今天早上跳楼死了。

老板用他的手拍了拍我的肩膀,那意思好像是,好了,别担心,咱们出去吧。我回头看了他一眼,他对我笑着,好像我们已经建立了新的关系,两个前一分钟还被尴尬与慌乱包围的战友一起突破重围,并肩走向了收银台。

刚才那个男孩显然等得有点不耐烦,他焦虑地用右脚点着地面。看到我们两个一起走出来,他神经质地耸了一下肩膀,鼻子里发出哼的笑声,也可能是鼻子不透气。被他这么一看,我有点害羞,甚至整理了一下自己的头发,就像干了什么见不得人的事情。

"你好。"老板伸出手要和那个男孩握手。我回到收银台里边坐着。

"你……你……你好。"他抬起宽大的袖子,伸出粗糙又瘦小的手。我觉得他结巴的样子很像电视里的搞笑演员,不禁笑了一声,当然这也可能是因为我此刻有点欣喜若狂。

"请问你以前在哪里工作呢?"

"我……我……我在……在……在广东,打工。"男孩用手指按了一下眉毛,最后两个字才像子弹一样从嘴里发射出来。

"哦,你以前在珠三角地区工作啊,请问是什么职业呢?"

"不……不……不是珠……珠……珠三……三角,是……是,广东!"男孩又用食指的指关节在眉毛上用力按着,发射出了"广东"这两个字。他的脸涨红了,让他看起来稍微胖了一点。

"哦,那你从事什么工作呢?"老板态度仍然温和,不过声调有点像在和一个儿童对话。

"鞋……鞋厂。"他随后压低声音清了清嗓子,两只手轻轻地握在一起,不自然地耸了一下右边的肩膀。有点像我们坐时间长了,需要活动一下颈椎的动作。

"请问你喜欢看书吗?"

"喜欢。"他的身体前后缓慢地摇晃着,时不时耸一下肩膀,鼻子里发出哼的一声。说不定他正是老板所说的那种天才吧,总是其貌不扬,甚至有点怪怪的格格不入的样子。这样的人往往才华横溢。

"你喜欢看什么书?"老板的兴致越来越高,把两只手支撑在桌子上,放松了一点,准备好好聊聊。

"笑……笑……笑话大王。"他思考了一阵,向上翻着白眼,仿佛房顶上写着他最爱看的书名。

他这个动作让我想起来小学时候的同桌,他每次回答问题都翻着白眼看房顶,同学们都喜欢学他。我觉得很开心,有点过节的感觉,我甚至在心中默念一年中的几个节日,元旦、情人节、五一、六一、国庆、圣诞节、春节,我的脸上一定洋溢着笑容,听什么都觉得开心,我想可能我都笑出声了,老板看了我一眼,咳嗽了一下。

"那你先留个联系方式吧,我考虑一下,明天会和你联系。"老板递给那个男孩一张纸和一支笔。

男孩没有去接,他转向我,可是他的眼睛泛着光,我不确定是不是泪水,我甚至看不清楚他看着哪个方向,是否在看着我。

"你……你……你笑……笑什么……么笑……笑?"他使劲吐出这几个字,脸上的肌肉抽搐了好几下,鼻子都皱了起来,我从来没见过这么扭曲又凶狠的表情。我想他如果是一只疯狗,应该早就扑上来撕咬我了。

"我又没有笑你。"我赶紧把目光移动到电脑屏幕上。耳朵灼烧了起来。

男孩转身要走,他一边耸着肩膀,一边发出哼的笑声,直到现在我都不能确定他是不是因为鼻塞。我偷偷盯着他的后背,因为害怕他会忽然转过来变成一个面目狰狞的怪物扑向我,直到他走出大门很久,我才可以顺畅地呼吸,我觉得自己被他刚刚的样子吓坏了。还好来了几个熟客,打着招呼,聊着近况,然后老板就领着他们进去选书了。

今晚的生意很不错,来买书的人络绎不绝,条码扫描仪滴滴的声音和小票打印的声音不断响起,我们两个甚至没有抽出时间吃晚饭,书店洋溢着愉快而轻松的气氛,黄色的灯光让书店变得比白天更加动人,顾客们缓慢地走动,目光在一排排书中流动,老板在书架间和顾客轻声交谈,我对每一个前来付款的顾客微笑,我把书和零钱用双手递给他们。我从来没有这么开心地工作过,甚至没有走神。

到了下班的时间,我和老板送走了最后一个顾客。我们站在一起挥手向顾客告别,说一些客套话,那副神采奕奕的样子,让我想起表姐的婚礼,她就是这样和她的老公站在一起,送走客人的。当顾客走远了,我们两个谁也没有说话。看到门上贴的那个招聘广告,忽然想起来,我不希望招聘什么人,我想从早到晚都在这里和他在一起。

"能不能不招人了?我可以工作到晚上的,回家我也没事干。"我指着那张招聘广告。

"好,我一会儿就撕了。"老板温柔地看着我。

"我今天晚上还有点事,那我先走了。"我稳定了一下情绪,迅速地说出这句话,如果再晚一点,我想他就会送我回家,我们第一次约会的内容就会变成去河边埋咪咪,这不像什么好的开头。也许咪咪一点都不喜欢。

推门出来,我深吸了一口气,想起春风沉醉这个词。那种气息柔软甜蜜,让人的心痒痒的,这和白天燥热的夏日假象截然不同,我真想马上奔跑起来,或者让时间过得快一点,立刻到明天,我就可以再见到老板了。而我现在要做的事是,到滨河公园,把咪咪埋起来,再陪着它待一会儿,说上几句话,我想我一定会为它哭上一场,我的心现在柔软又敏感,太多情绪积聚在嗓子眼里。等做完这一切,再买几个包子回家,我已经一天没吃饭了,想起来我一会儿可以在沙发上一边吃包子,一边看电视,然后看着看着就睡着了,我可是打发时间的高手,一晚上对于我来说不是什么难题。

走到滨河公园,我被眼前的景象惊呆了,河边竟然挤满了人,柳树上挂着灯泡,电线被扯得乱七八糟,像是咪咪抓乱的毛线球,女人们在原地跳着集体舞,笨拙的动作配上尖锐的音乐,看起来像是正在上演一场愚蠢又虔诚的祭祀仪式。夜晚为人们穿上了灰色的衣服,像影子一样在昏黄的路灯下重叠晃动,我快速走着,孩子们在人群中尖叫着追逐,迎面过来几个拿着黑色塑料袋的男人,他们一边咒骂着,一边向路人推销来路不明的名牌化妆品,我屏住呼吸,赶忙绕了过去,继续在灰色的人群中穿梭。前边又有一群人在跳交谊舞,我踮起脚,伸长脖子往远处看,更远的地方有人在教一群小孩练武术,更可怕的是,仿佛没什么尽头,各种各样的活动在河的两岸进行,小贩们推着车在叫卖糖葫芦、冰淇淋、气球和会发光的竹蜻蜓,我发现这个地方已经完全不是我中午看到的样子,俨然变成了一个民间游乐场。

我转过身要离开这里,却又不知道要去哪儿,我甚至想到最糟糕的结局,我在半夜四处溜达,什么好地方都找不到,我把咪咪又带回了家,放进了冰箱!我在拥挤的人群中慢慢挪动着,前方有一个身影,他并没有随着人流移动,我看不太清楚,只是感觉有个人定定地站在那里,树上挂着的灯泡给他的头发镶上了金边,还点燃了他的双眼,我甚至看不到他的瞳孔,不知道他的目光指向哪里。这种感觉让我熟悉和恐惧,我低下头继续走路,他沉默的裤腿在人群中忽隐忽现,越来越近。当我快要辨认出他鞋子的颜色的时候,一把尖锐的刀插进了我的脖子,流畅又确定。我安静地倒在了那双肮脏的黑白相间的鞋子旁边,我甚至可以闻见温热的臭味。那双脚飞快地从我的头顶跃了过去,扬起一些尘土掉进我的眼睛里,我听见一片尖叫和骚乱,可是越来越远,我没有力气了,就要在沙发上睡着了,耳边有微弱的电视机的声音,咪咪卧在我的脚边,在梦中不时地蹬一下腿。

亲爱的，
你不知道我是哪种人

我在五岁的一个傍晚，玩了一个游戏，从此这个游戏就再也没有停止。

我无法忘记当我发现一个由树杈和杂草围成的完美空间时的兴奋心情，我几乎全身颤抖地钻了进去，又用一些杂草挡在入口，我听着小伙伴大声倒数的声音，只有用手捂住嘴巴才能抑制我得意的笑声。一个，两个，三个……除我以外，伴随着一声声尖叫，所有的小伙伴都被找到了，我仔细聆听各种声音，脚步越来越近，我紧张得眼睛发胀，双手紧紧地捂住嘴巴，就快要让自己窒息了，脚步声停了下来，他用手到处拨拉，然后转身离开了。脚步声越来越远，我的心跳开始恢复平静，我沉浸在胜利中，有点陶醉了。我不舍得离开这个绝佳的藏身之处，并且有了更大的计划，如果我有足够的耐心等待，我的家人也会加入这场游戏，越来越多的人会参与进来，直到整个村子的人都在深夜举起火把，呼唤着我的名字，想想就令人兴奋，那么多人和我一起游戏，而结局最好是——没有人找到我。

夜深了，村子里一片寂静，老鼠在杂草中窜来窜去，虫鸣声此起彼伏，温度越来越低，我等得有点不耐烦了，于是十分谨慎地拨开杂草，四处打探了一下，发现只有孤独的月亮照着田野，我钻了出来，在空旷的地面站了一会儿，就往村子方向走去。我感到又冷又饿，在自己家附近打转，尽量绕开那只土狗，我看见爸爸妈妈盯着电视，青色的光在他们脸上跳跃，另一个屋子里，我的姐姐和两个弟弟在床上扭打成一团，我第一次以旁观者的目光打量了自己的生活，而我在不在其中似乎无关紧要。

我继续在村子里转悠，每靠近一个窗户就看到一幅画面，邻居的年轻男女搂在一起亲嘴，老婆婆打开房门向外泼了一盆水，强壮的瘸腿大叔给了他儿子一个耳光，村子里最漂亮的姑娘正在洗澡，最年长的大爷坐在自己门口抽烟，他盯着前方一动不动，如果不是有烟雾不断冒出，我在想他是不是死了。我的胆子越来越大，甚至走进了邻居家的厨房，拿走了一个饼，边走边吃。就这样我像个幽灵一般，在夜色下静悄悄地审视了自己的村庄，直到一盏盏灯熄灭，我又躲回自己的藏身地点，等待着黎明，等待他们发现我不见了，等待游戏重新启动。我感到非常疲倦，缩成一团很快就睡着了。

不知道睡了多久，我闻见尘土的味道，感觉身体被烤得暖烘烘的，一个湿乎乎的东西时不时地碰到我的胳膊，我努力睁开眼睛，明亮的光线让人很难适应，一头猪拱来拱去，而我那脆弱的栖身之地早就散落在周围。我蜷缩着躺在一片地上，暴露在日光下，远处有人举着锄头经过，有几个女孩正在跳皮筋，狗跑过来嗅嗅我，又跑远了，几只小鸡跟着母鸡走来走去，没有人对我感兴趣，甚至连动物都不觉得惊讶。我有点怀疑自己是不是具有了某种隐形的能力，我低头检查自己的胳膊、身体、双腿，又跑到水边照了照，发现自己那脏兮兮的小身体完整无缺。我回到家里，姐姐和两个弟弟正坐在桌子周围等待早餐，他们一会儿笑，一会儿打闹，我坐了下来，妈妈一边骂着我那两个尖叫的弟弟，一边给我们一人盛了一碗稀饭，就好像我一直坐在这里一样。我第一次觉得自己并不是宇宙的中心，被远远地抛在边缘，成为一个旁观者。我想也许不再需要什么藏身地点，这个游戏也不会结束，没人会注意到我，而我需要做的就是继续保持不动声色。

我做得很好，实际上也没有刻意约束自己，我觉得我具有这样的天赋。我的性格温和，长相普通，个子中等，不胖不瘦，声音不大，话也不多，我穿朴素的衣服，就连我的家人都很少在外人面前提到我。他们被我那两个到处惹是生非的弟弟搞得晕头转向，愁眉不展，而实际家里藏的钱变少，都是我拿走的，他们总会坚定地认为是我那两个弟弟干的。而我那个消瘦刻薄的姐姐发誓嫁出去就再也不会回来。我曾经闲来无聊，又非常好奇，就在半夜偷偷翻看了她的书包，将一个男生写给她的肉麻情书，以及她刚写好同样让人脸红心跳的回信贴在了我家客厅。随之而来的是一场暴风雨，爸爸扇了她，说她不要脸，而她追着我的两个弟弟说要杀了他们。

我和这个鸡犬不宁的家表面看起来格格不入，可我却非常享受，像一个观众一样，从不真的生气也从不真的感动。他们细数自己的四个孩子时，会在一番激烈的言论、恶毒的咒骂和唉声叹气之后，偶尔用一句话提及我："大儿子最省心。"想必他们也早就认定我不会有什么大出息，以后会像他们一样暗淡平庸，一辈子碌碌无为，而我确实也想朝着这个方向努力。我在学校也基本隐形，学习一般，我看起来就像任何一个叫作"同学"的东西，如果是一部校园题材的电影，我就是主角后边一排匆匆路过虚掉了面孔的同学。我不积极参加活动，也不会过分孤僻，我可以很好地把握分寸。有的老师甚至在一学年之后根本不知道我的名字。没有女孩喜欢我,也没有男孩欺负我,我一直遵循着我的游戏的一条重要的原则——不交任何朋友,我的运气一直很好,也未曾有人试图接近我,向我表达友善。

我觉得自己藏在一个袋子里,透过两个洞观察着外界,没有人发现我,找到我。我常常通过镜子了解我的这个"袋子",我无法抓住什么特色来形容他,只能用这么干涩匮乏的描述:"两个眼睛,一个鼻子,一张嘴,像任何人,又不完全像某一个人。"我通过吃饭、喝水、睡觉、呼吸来维系这个"袋子",我从不贪吃,也不贪睡,我发现他并不需要过多的东西就可以健康运转,我保持着冷静和理智,让这个"袋子"成为一部稳定而轻巧的房屋,而我从不会和他合二为一,在这一点上,我冷酷而严肃,我只是躲起来,而他只是一个掩体。

有些时候,我会因为过分追求完美而有些失望。我和几只狗站在一起的时候,我的"袋子"并不能模仿成狗的样子,而当我不巧路过正在大吵的房屋中央时,我的"袋子"并不能立刻变化为一把椅子,当然最简单的还是希望他可以做到完全彻底地消失,不呈现在阳光之下,我想这将是我一生最大的梦想了。我查看过很多同学的书包,他们大部分一贫如洗,我收获到的只有一些秘密。我还成功翻看过我们地理老师的黑色公文包,我觉得它非常神秘,好像藏着什么宇宙的秘密,可当我打开,里边只有一本课本、一本教案、一支圆珠笔、几张纸巾,在犄角还有一个一分钱硬币和一些灰尘,这就是全部了。我了解我的这些同学和老师,可是他们却对我一无所知,也对我毫无兴趣。

如同家人和老师认为的那样,我没有考上大学,我觉得金榜题名和大摆酒席,让我忽然成为焦点,这一切并不属于我的人生。爸妈也自然而然地不再给我钱花(我可从来不担心这个),我和村子里大多数没考上大学的同龄人一样,收拾行囊,去大城市闯一闯,直到挣到钱,油头粉面大包小包地回来,如果挣到更多钱,就开着小轿车回来炫耀。和他们不同的是,我不知道去哪儿,没有一个确定的目的地,我也没准备再回来,我终于可以摆脱这些从小就认识我的人,我要到崭新的地方,成为全新的陌生人。

火车上人很多,各种气味混杂在一起,我感觉新鲜而好奇。我的位子靠近窗户,我尽量地缩小,靠在那个角落,压抑住自己的兴奋,不动声色地打量别人,如果此刻为整节车厢拍张照片,一定没人能注意这个角落,甚至看不清楚这灰蒙蒙的蜷缩成一团的东西是个人,我对此刻的自己非常满意,我的心情好极了,就算前方时不时飘来肮脏的厕所的尿骚味。我旁边坐了一个年轻的小伙子,每次不小心和他目光交会的时候,他都会对我笑笑,我看得出他很想和我说话,我会遏制住他的这个念头,在给他回应一个友好的表情之后,我赶忙把目光转向别处。我的对面坐了一对夫妻,他们中间挤了一个三岁左右的小孩,她总是直勾勾地盯着我,这让我很不舒服。她的爸妈早就昏睡了过去,一个脑袋歪在一边,另一个仰着脸嘴巴张开着。

　　火车有节奏地颠簸,整节车厢都笼罩着睡意,我有些忙碌,一边观察每一个可以看到的人,一边努力将自己藏在人群中,如果我可以看到自己的样子,我相信我的"袋子"也一定成功地展现出疲倦犯困的样子,我甚至假装打了几个哈欠,并且头靠着车窗眯了一会儿眼睛。即使这是我第一次坐火车,我也早已呈现出一副老练而厌倦的样子,我和整节车厢完美地融为一体,成为一个最标准的乘客。火车剧烈地晃动了一下,车厢内发出一阵惊叹,有的人站起来伸长脖子四处张望,对面的小夫妻被晃醒了,一脸茫然,他们的小女孩咯咯笑了起来,她觉得这很有趣,在凳子上下蹦跶着,希望再来一次。旁边那个小伙子的手机掉在了我的脚边,空间那么狭窄,看来只有我才能捡起来。我递给他,他笑着说:"谢谢你!"我也对他笑了下,刚准备扭头看窗外,他紧接着说:"你要去哪里?"真糟糕,他竟然想要和我交谈,我赶忙回答他,来终结飘荡在空气中指向我的疑问,我尽量用只有他一个人能听到的声音,防止更多的人了解我的目的地:"终点站。"

"第一次出远门吗?"他又抛出了一个问题。

"是的。"

"是去工作吗?"

"是的。"

"一个人出门在外要注意安全,一看你就是个老实巴交的小青年,特别是第一次出门,外面很多骗子、小偷,就连乞丐都是职业的。"

"哦。"

一下子回答了这么多问题,节奏就像打乒乓球,我的脑门都蒙上了薄薄的汗水。很久没人这样关心我的安全,我有点受宠若惊,就连我的爸妈在我临走的时候也只是说:"祝你发财。"当然他们也没出过远门,最远也就到过我们的县城,他们可能并不了解外边的世界,所以也没有什么经验可以传授给我,在他们眼里,出远门意味着挣大钱、发大财、买汽车、买房子,过上电视上那样清洁而先进的生活,皮肤细腻,满嘴普通话,再也不用种地。

从这个小伙子的嘱咐中,我一下子就了解到了城里的三个职业:骗子、小偷、乞丐。对于出门找工作的人,关于职业和谋生的路子,变得特别敏感。我对这个小伙子产生了兴趣,我悄悄观察他,他抱着一个双肩包,手里抓着一个高级手机,皮肤黝黑，有点偏瘦，一条腿一直在抖，一副着急到站、有点坐不住的样子，他的发型很利落，戴着副黑框眼镜，有一只眼睛的眼皮似乎有点毛病，没另一只睁得大，他的嘴唇鼓鼓的，似乎有说不完的话在里边排着队等着冲出来。

"我是出来旅游的，到平柳下车，那儿有一座大佛，超级大，你知道有多大吗？一个人还没有他的手指甲盖那么大！这座佛坐落在一处山泉形成的水池中，人们都在他的脚下游泳，也可以爬到他的脚背上晒晒太阳。"他讲话的时候很多手势，也很有激情，虽然我从来不认为自己是一个好听众，可是这人明显一点也不挑剔，他开始滔滔不绝，也并不太需要我的热烈回应。

"你以前出去旅游过吗？"

"没有。"

"那你真应该培养这个爱好，老话怎么说的？读万卷书行万里路，特别长见识，也锻炼自己，旅行的时候会遇见很多人，可以通过和他们的交流，了解到更多的生活，学到更多的想法。趁年轻就应该多走走。"他的声音越来越大，口气和神态就像演讲一般，很快对面的小夫妻和小女孩也成为他的听众，并且那两个人还会向他提问，目光也充满了钦佩之情。小女孩对他的手机更感兴趣，不停地去拽上边插的耳机线。他开始不针对我来讲述了，他得到了更棒的听众，这让我松了一口气，我缩回角落,慢慢成为背景。我开始对他讲述的旅行中看到的美景和遇见的人产生了浓烈的兴趣,已经在他的描述与自己的幻想中,到达那些山川大河,迅速地游览了一番。

"我曾经去过一个少数民族的寨子,那里有很多壮美的瀑布,他们使用植物来装扮自己,他们用天然的颜料在身上涂抹,和自然完全融为一体,如果不仔细看,在野外,比如树林里,水潭中,甚至无法发现他们。他们也是依靠这样的本领打猎,和周围的环境融合,静静地观察,然后出击,致命的一击,就像一只猎豹。"

我被这个故事迷住了,那和自然融为一体的身躯,还有明亮的、瞪大的、冷静的、警觉而有神的眼睛在我的脑海中闪耀,我喜欢这些词——"融为一体""无法发现""静静地观察",我非常兴奋,恨不得立刻到达这个寨子,不过我的兴奋只有我自己知道,我隐隐地觉得,我的命运可能要开始改变,我可能找到了什么适合我的方式,我从侧面盯着这个小伙子,盯着他的双肩包,盯着他的手势,和他异常兴奋不停变幻的侧脸。

可能是因为说了太多话而感到口干舌燥,他喝了好多水,去了三趟厕所,每一次都将他的双肩包放在我的旁边说:"帮我看一下包,我去趟厕所。"他一定觉得我这个"老实巴交的小青年"是他最值得信赖的旅伴。他的包看起来沉甸甸的,这和我以往查看的所有包都不一样,里边一定装满了旅行所需,满满的全是他的经验,一定有适合旅行的服装、书籍资料、钱、身份证、水杯、充电器,还有刚才为了防止小女孩把他的耳机扯坏,他将手机也塞进了包里。我看了看踩在脚下的麻袋,装着我的行李,几件破衣服,一床睡了十来年的棉被,桌子上还放着个塑料袋装了几张饼。我觉得我需要一个这样的双肩包,我需要去他说的那些地方,我不要拎着个麻袋站在广场中央,高楼大厦中央,那样太显眼了。离开家乡距离越远,这样的感觉越强烈,我那和村庄融为一体的装扮,很快就会在城市中暴露无遗,我需要新的伪装、新的思想、新的方式和新的目的地。

夜色越来越深,车窗外边黑漆漆的,玻璃上映出车厢里的影子。小伙子也感到疲倦了,好久没有说话。对面的两口子又睡着了,女人将小女孩抱在怀里,小女孩也终于睡着了,可是她的眼睛闭不紧,呈现出奇怪的神态,像是对我不太放心。过了一会儿,车到站了,是一个小站,站台还没一节车厢大,只有一盏跳动的日光灯照着几把空无一人的塑料座椅。小伙子扭动了一下身体,站起来伸了个懒腰,俯下身子小声问我:"你抽烟吗?"我摇了摇头。"那我下去抽根烟,顺便走动一下,坐时间长了真难受。"他把包又一次放在我的旁边说:"又麻烦你了,小偷往往这会儿就要开始行动了。"他对我眨了眨眼睛,不知道是为了和我表示熟络,还是表示这句话在开玩笑。我尴尬地朝他笑笑，又挪动了一下他的包，离我更近，仿佛我就是包的主人，我会牢牢地抓住它，没人能从我这里抢走、偷走，他这才放心地走下了车厢。

"小偷往往这会儿就要开始行动了"这句话在我的脑子里回荡，然后又迅速统治了我的身体，我就像接收到了什么命令，背上双肩包，向另一个车厢走去。当我经过昏睡的人群，到达另一个敞开的大门时，火车鸣响了一声，我想象着小伙子迅速丢掉烟头，用脚在地上踩灭，三步并作两步地跳上那个车门的同时，我跳下这个车门，陷入黑暗中。火车开始加速，他的影子只是闪烁了一下就不见了，也许那个慌乱的身影也是我想象出来的，他可能还没走到自己的位子发现这一切呢。

火车的速度越来越快，它在我的身旁呼啸而过，地在抖动，空气也在抖动，我兴奋而紧张的身体也在颤抖，直到轰鸣的声音完全被黑暗吞没。我走向站台，坐在椅子上打开背包，好像打开一个庄严的礼物，打开一扇大门，打开一个新的自己一般。包里的东西应有尽有，我能想到的那些都有，我走进卫生间洗了把脸，换上了一身新衣服，印着英文字母的白色T恤和一条很多口袋的卡其色短裤，我将自己的那套完全不合身的劣质西装丢在了洗手台，从远处看，像一具干瘪的躯体，我觉得我像一条蛇一般蜕皮，有了崭新的生命。我将手机里的卡扔掉，这是我以前听村里一个大叔讲他丢了手机,赶忙打过去,结果已经被拔卡而得到的经验。

我住进了旅馆,这是我第一次住旅馆,我使用了他的身份证登记,前台小姐对照了一下,可是她太困了什么也没说。我兴奋得无法入眠,洗了很长时间的澡,将每一个指甲缝都清理干净,我反复照镜子,将他包里的衣服全部试穿一遍,都还算合身,我不停地换台看电视,还在厚厚的充满弹性的床垫上跳了一会儿,我翻看他手机上的照片,听他上边的音乐,我扔掉了我的身份证,告别了过去,对未来充满了期待,希望夜晚赶紧过去。

第二天天一亮,我就收拾好行李出门,在理发店理了一个和他一样干净利落的发型,买了一双类似的球鞋。我的感觉好极了,我成了一名旅行者,在路上、在车上、在旅游景点,我和众多背着大包的旅行者融为一体。当我的钱快花完的时候,我就会成为一个毫无经验、老实而忠厚的旅伴,总会有人教育我如何分辨坏人,如何看管好自己的财物,如何不上当受骗,他们会一边教育我"千万不要把行李置于无人看管的情况下"(我在旅行指南上看到一模一样的句子),一边让我帮忙看管行李,而我唯一要做的就是把握时机,溜之大吉。我很少幻想他们发现我和行李都不见了时的情景,惊讶,大哭,大叫,报警……

我最担心的是，当他们发现看似忠厚老实单纯无知的人也不能够相信的时候，还能相信谁，这将让他们在今后的日子疑神疑鬼，丧失了一部分安全感，当这样的经验成为书上的指南而传遍所有旅行者时，我会不会再也没有下手的对象。可是事实告诉我，我的这种担心太多余了。

我拥有了越来越精良的装备，笔记本，最新款的手机，有的时候我已经懒得将包全部拿走，只是趁他们不在时随便翻看下，拿走点我喜欢的或者需要的东西，有些迷糊的人根本就发现不了自己丢了东西，就算回头发现了也不会再想起我。在拥有丰富物质的同时，我也拥有了各种各样道听途说的人生经历，当然也有一些是我自己亲身体验的，我并不介意将它们混为一谈，就像我不介意我身上出现了很多旅行者的特征，一块手表、一顶帽子、一双拖鞋，他们都不属于同一个人，他们让我看起来像任何一个旅行者，一个毫无特征的标准人物。

我的日子风光极了，从来没有失手过，我看上去那么彬彬有礼，那么无害，我觉得我可以这样过上一辈子，两辈子，永远不会厌倦，我躲藏在很多人的衣服里、话语里、身份里，那么安全，那么丰富，没人注意到我。我去了很多地方，包括第一次在火车上听到的那个大佛，它实际上并没有那么大，而他的下方也没有水池。那个最令我着迷的寨子，在查看了很多资料，四处打听很久后才大概了解它的位置,但是也不确定是不是他所说的那个,有时候我想,这个寨子是不是他虚构的,只存在他的大脑里,无论如何,我准备去找那个地方。

我买票上了大巴,整辆大巴都是本地人,长相奇怪,又黑又瘦,说着听不懂的方言,这里不是什么热门的旅游地点。我照例找了后边一个靠窗的位置,把帽檐压低,双手交叉抱在胸前,挪动了一下,寻找了一个最舒服的姿势。大巴就要开动的时候,上来了一个女孩,背着双肩包,一看就是游客,我有点兴奋,正好口袋里剩的钱不多了。女孩向大巴后方张望了一下,侧着身子向我这里走来,一屁股坐在了我的旁边,将包抱在大腿上,摘下帽子扇动着,一副又热又累的样子。大巴摇摇晃晃地开动起来,我继续保持沉默,按照自己游戏的另一条重要原则,不先开口说话。我等了很久,女孩也没有要开口的意思,她掏出手机,闭着眼睛听起了音乐。我偷偷观察了她一会儿,非常矮小,可能是经常在外奔波,晒得黝黑,让她看起来更加瘦弱。这样弱小的女孩最爱依靠这些特征来寻求帮助,而我就是那个彬彬有礼的绅士,喜爱帮助女生的好旅伴,我甚至不介意请她们吃顿饭,让她们更加信赖我。她让人看不太出来年龄,有时候看起来不到二十岁,可是有些角度和神态又忽然让人觉得她已经三十岁了,我只需要耐心等待,她就会主动把包送给我的,经验是这样告诉我的。随着大巴的颠簸,我慢慢进入了梦乡。

女孩摇醒了我,她像变了一个人一般忽然对我萌发了兴趣:"就快到了,我刚才问了司机。"

"哦。"

"你是去矿桐吗(那个少数民族的寨子所属于的县城)?"

"是啊。"

"我也是!我听说那里的人从生出来就训练如何走路毫无声响,他们像猫一样走路,直到出现在你面前,否则你根本无法察觉他在向你靠近,他们需要这样的技能靠近猎物,在这个村寨,听力已经不值得信赖了。"

"我也听过一些关于这个寨子的传说。"我把第一次听到的讲给她听——这个寨子的人如何隐藏自己,和周围的环境融为一体,好靠近猎物。我还学习了这个女孩的说法,在最后加上一句总结,"在这个村寨,视力也已经不值得信赖了。"

我们都很高兴互相补充了更多的信息,也让我们更加着迷。她始终紧紧地抱着自己的包,没有向我寻求任何帮助。

我们相约第二天一大早一起爬山,去寻找那个村寨。一路上她都在给我讲她去过哪里,见过什么样的景致,我喜欢这种滔滔不绝的旅伴,这样上山的路也不会显得过于枯燥。走了整整一上午,我们已经到达了那个巨大的瀑布,可是周围毫无人烟,连村寨的影子都没有,我俩站在悬崖边上,都有点失望。

"看来那些人果然是瞎说的。"女孩盘腿坐在地上喝水,湍急的瀑布就在她的脚下聚集。

"说不定他们就在周围,只是我们没有发现。"说完这句话,我感觉有点害怕,感觉周围有很多双明亮的、瞪大的、警觉的眼睛在注视着我们,他们躲藏在树林中,溪流中。

"别自己吓自己了,我看这就是个谣传,我回头也给这儿编点神奇的故事。"

"说不定我们没找到呢。"

"你别天真了,我去树林里上个厕所,你帮我看着包,我知道你是哪种人。"她冲我眨了眨眼睛,我见过这个表情,可是这回我感到不安,我的心脏狂跳着,仿佛听见小朋友在远处数数:"十,九,八,七……"我还在揣摩着这句话的含义,她已经钻进树林不见了。

我有一种预感,我一直期盼的时刻就要来了!我感到紧张而兴奋,瀑布震撼的声响扩大了这种感觉,我审视了她的背包,拉链被锁上了,而下山只有一条路,我无法逃跑。我傻呆呆地站在那里,面对着眼前巨大的瀑布,脑子一片空白,我仿佛缩小回了五岁,我捂着嘴巴,躲在树杈和杂草组成的空间中,紧张得眼睛发胀,一动不动,等待别人来寻找我的同时,又不希望被找到，脚步越来越近，那只手拨拉着我头顶的杂草。

她回来了，背上了自己的背包，站在我的旁边。我们沉默了一会儿，我问她："我是哪种人？"她从口袋里掏出一沓东西，伸到我的面前，面带狡黠。那是我的战利品，我的收藏，我的旅行纪念品，那些被我拿走东西的人的身份证。我不知道她是在什么时候，如何拿到的。我被水声搅和得无法思考，我感觉那只手来回拨拉着，忽然伸向我，抓住了我的衣领，树杈和稻草被推倒了，我暴露在光线下，小朋友大叫着："抓到了，抓到了！"游戏终于结束了，我紧张而懊恼，兴奋而失落，各种复杂的情绪让我非常虚弱。

我俩再次陷入沉默，从后边看起来一定是两个痴迷于眼前景色的游客。等我稍稍回过神来，我问她："你是哪种人？"

她有点得意，好像自己早已身经百战，比我技高一筹："和你一样，不过，水平可不一样。"她做了一个俏皮的鬼脸，紧接着，用热切的目光看着我，就像她等待这一天已经很久了，终于找到了一个同类。空气里充满了柔情，时间静止了，我也有那么一瞬间，陷入了她眼睛里所呈现的未来中。

"亲爱的。"我走到她的身后，她以为我要搂住她，在这样浪漫的环境中，多么般配的一对啊。

"你不知道我是哪种人。"我推了她一把，非常简洁而有力，如果找到我的人凭空消失,是不是也算我没有被找到,也算我赢了这场游戏呢?

我没有去看她坠落的样子,瀑布巨大的声音扼住了她的喉咙,无法听见任何尖叫。但是那个画面却呈现在我的脑海,她像一个纸片一样旋转了一阵,就被激流吃掉了。我把她的包也扔了下去,我把那一沓身份证重新整理好塞进包里,在下山的路上,有一点伤感,游戏的高潮来得那么突然,又是那么短暂,我还没来得及细细品尝,就囫囵吞了下去。

我又开始期待有人倒数,有人再来抓我,我想下次我会表现得更好一些。

猫应该不会说话吧

1

娜娜是从那个鬼地方逃出来的,而在不久之前,她还庆幸自己来到了一个天堂般的地方。直到从高楼的阴影跨入耀眼的阳光中,娜娜才停下脚步,弓着身体,两只手支撑在膝盖上,大口喘气,她不停地回头,好确定是不是有人在追赶自己,更确切地说,有没有什么可怕的东西在追赶自己。办公桌上的白色陶瓷水杯刚泡上三根藏红花,热水正在变得金黄,椅背上还搭着她的粉色毛线小开衫,可是现在,娜娜无论如何也没有勇气再回去拿了。

很快太阳就晒烫了头皮,身边经过的白领大多穿着刺眼的白衬衣,娜娜眯起眼睛,觉得一切都遥远而不真实,这种感觉让她十分生气，一路上她的大脑像是一台正在甩干的洗衣机，所有的事情都轰隆隆地缠绕在一起——疯狂旋转，失去水分，变得扭曲，让人眩晕。她将这一切简单地转化为愤怒的脚步声，新买的小皮鞋快速敲击着地面，马路上的汽车发出刺耳的声音，娜娜很难找准一个空当穿过去。周围熟悉的街景开始变形，高楼大厦俯身向她压来，而擦肩而过的人们也不怀好意，他们的面孔像是融化的雪人冰淇淋。娜娜如同一只呈现在光天化日之下的老鼠一样，四处乱窜，一脸惊恐，偶尔在汽车玻璃中瞥见自己，也像是蒙克《呐喊》中的那个歇斯底里的人物。她慌慌张张地在门锁上输入密码，好几次才点对了，等待门开的时候，还朝走廊的尽头望了望，生怕那个可怕的东西还在跟着自己。

娜娜进屋的第一件事就是打开冰箱的冷藏室，在一堆饮料中抓起了一瓶矿泉水，咕嘟咕嘟地喝了起来，冰凉的水冷却了她的大脑，现在终于可以开始思考了。而冲进娜娜脑袋里的第一件事就是，她恨一切有味道的饮料！她只想喝水——纯净水、矿泉水、白开水。打开冷冻室的门颇费了一番力气，好像里边有什么手紧紧地拉着门不让她打开一样，也许是娜娜潜意识里不敢打开这扇门，她不愿意看见那些猪脑子、羊眼睛、牛睾丸，还有那些张牙舞爪的鸡爪，仿佛从地狱那口大锅中伸出的手。娜娜屏住呼吸，就像面对的是变态杀手的战利品——一堆尸体的碎块。在一片白色的冷气中,娜娜将它们统统丢进了一个巨大的塑料袋里,随后自己也跪在地上朝着塑料袋呕吐起来。她一边呕吐还一边用手指抠着自己的喉咙,她不仅仅是要呕吐胃里残存的零星食物,还要吐出自己的大脑,吐出这段时间的全部记忆,吐出自己的内脏,特别是肚子里的可怕东西。冰箱恢复了以前的秩序,白色的内壁,一排矿泉水,还有摆放整齐的透明密封盒。

冰箱因为打开时间太久,发出急促的报警声,娜娜把冰箱门重重地关上,那只猫不知道什么时候躲在冰箱门后边,把她吓了一跳,这应该是此时此刻,娜娜最不愿意看见的东西:一只摇晃着大尾巴的猫。他们对视了一阵,那只猫坐了下来,舔着自己的手掌,开始用手掌洗脸,洗头。

"那只猫",娜娜喜欢这么称呼它,她不愿意叫它的名字——毛毛,因为这是李天的前女友取的。就像她也不愿意叫李天前女友的名字,总把她说成"那个女人"。就因为"那只猫"的存在,"那个女人"也仿佛幽灵般一直出现在她的生活中,有时候娜娜甚至觉得,"那只猫"就是"那个女人"的化身,有时候又觉得"那只猫"更像是李天和"那个女人"生下的孩子,一个叫作"毛毛"、浑身是毛的讨厌家伙。那只猫总是一脸冷漠地盯着她,从不愿意和她亲近,如果娜娜要主动接近它,那只猫就会弓起身子,竖起尾巴,毛全部爹开,让它显得大了一倍,它张大嘴巴,翘起上唇,露出尖利的牙齿,发出哈的声音。娜娜在《动物世界》的老虎和狮子脸上看到过这种表情,也在"那只猫"有一次面对狗的时候见到过,一想到这就生气,娜娜可不希望自己在那只猫的眼里和一条狗差不多。而每当娜娜和李天离得很近,它就会在他们的小腿中间穿梭,抬起脑袋,不满地厉声大叫,而晚上他们做爱的时候,那只猫甚至会扑向娜娜晃动的腿。每天早上它都会卧在李天的胸口打呼噜,半眯着眼睛,一脸不屑地看着娜娜,李天宠爱它,抚摸它,和它说话,给它买玩具和罐头,娜娜嫉妒极了,却又不想和一只猫计较,有时候觉得自己就像一个忍气吞声的后妈。

李天不在家的时候,有一次娜娜闲着无聊,想要尝试着缓和她与那只猫之间的关系,她甚至学着李天的样子,用手指轻轻地挠挠它的下巴,可是那只本来在晒太阳的猫,一下子就警觉了起来,抬起脑袋,竖起耳朵,瞪大了眼睛。娜娜轻声叫着"毛毛,毛毛",再次将手伸向前去的时候,那只猫一爪呼过来,在娜娜的手上留下了两道抓痕,细密的小血珠很快就渗了出来,娜娜气急败坏地站起来,举起笤帚,可是那只猫在屋子里尖叫着窜来窜去,她根本就打不着它。直到李天下班回家,那只猫都躲在沙发下边,不愿意出来。

娜娜感到庆幸的是,还好猫不会说话,也没法告状。猫应该不会说话吧?想起刚才在公司的经历,娜娜也不再如此确定了。

2

娜娜还记得两个月前第一次走进那家公司时的情形。她穿着一件白色的高领打底衫,外边套了一件灰色的长款毛衣,黑色的紧身牛仔裤配着一双帆布鞋,黑色的长发一丝不苟地聚拢在后脑勺形成一个马尾。在这个女孩们都迫不及待地露出窝藏一冬的雪白大腿的春天,娜娜的这身装束有点格格不入。出门之前,娜娜仔细修剪了指甲,还拔掉了眉尾的杂毛,她没有化妆的习惯,也从来没有买过什么名贵的护肤品,可能是因为很少出门,皮肤倒也白净细嫩。娜娜的个头小小的,脸小小的,五官也小小的,让她看起来比实际年龄要年轻,如果表情不总是那么严肃的话,甚至像个不谙世事的女学生。

刚下电梯娜娜就闻见一股淡淡的香气,她无法形容那股味道,像是幻想中的雨林,奇异的花草,绿松石和玛瑙,牛奶和蜂蜜,成熟的瓜果,鹦鹉的羽毛,小溪和露水,细碎的海浪,小鹿湿润的鼻尖……美好的幻想随着气味在她的脑中一一绽放。

"你好,你就是王娜娜吧。"一位妆容精致的女士拉开玻璃门,目光在娜娜身上打量了一番,露出满意的神情。

"你好,是的。"娜娜的声音有点干涩,她发现除了李天,已经很久没有和什么人打过交道了。

"你可以叫我琳达。我就是这家公司的老板,我们之前在网上简单地聊过。"琳达说这句话的时候,歪了一下脑袋,用手将脸旁蓬松的鬈发拨到后边,可能是戴了美瞳,她的虹膜是棕色的,散发着奇异的色彩,娜娜看得都有点入迷了。

娜娜跟在琳达身后进了房间,香味越来越浓郁,仿佛来自琳达摇曳的裙摆中,或者来自她温暖白皙的后脖颈,又像是有什么令人惊叹的画面就离娜娜不远了,她有点迫不及待。走廊光线昏暗,左边的墙上挂着几幅黑白的复古地图,黄色的射灯打在上边。

琳达就像一位专业导游般开始进行介绍:"这一幅最大的地图是航海大发现时代的香料地图,后边这三张分别是哥伦布、达伽马和麦哲伦的航行路线图。哥伦布到达了如今的美洲,却以为自己来到了传说中的印度,管美洲土著叫印度人,还把辣椒当作胡椒带了回来。"琳达说完对娜娜笑了笑,直到确定娜娜也对她笑了笑才开始继续她的讲解。

走廊的右边陈列着一排排的鸡心形种子展示瓶,上次见到这个东西应该还是小学上自然课的时候。每一个瓶子里都装着一种香料，下边贴着标签，香料的中英文名称，还有产地。"这是丁香，是丁香树还没开放的花蕾晒干制成的，这是我们经常用到的黑胡椒和白胡椒，不用我介绍你就知道了，这是红胡椒，来自巴西；这是肉豆蔻，它们来自印度尼西亚；这是小豆蔻，来自印度；这是姜黄，也同样来自印度，它和原产地在中国的生姜并不是同一种植物；这是肉桂，最好的肉桂来自斯里兰卡，叫作锡兰肉桂……可以这么说，这些小小的香料直接导致了地理大发现，推动了人类历史的进程。"琳达说最后一句话的时候，声音高亢，举起了一个装着黑胡椒的玻璃瓶摇晃了几下，娜娜仿佛回到了小学的自然课，不停地点头或者微笑来回应琳达。

琳达又转向走廊的左边，那里挂着两幅巨大的彩色照片。一张背景是一座正在冒烟的火山，前边站着一个戴着渔夫帽的女士，背着双肩包，帽檐的阴影让人没法看清面部。琳达指着这张照片说："这是我在印度尼西亚的摩鹿加群岛拍摄的照片，这里是著名的香料群岛，很多香料的原产地都在这儿。"另一张照片是在一片貌似热带雨林的地方，背景是一片棕榈树林，前方是一条黄色的小河，一艘木船上坐着两个头戴白色头巾，皮肤黝黑、表情严肃的男人，船头和船尾各堆着几个麻袋，船的中央站着一个穿着鲜艳纱丽的女人，不用琳达说，娜娜就猜到这也是她。琳达仿佛看穿了娜娜的心思,捂着嘴笑着说:"没错,这也是我,这是在印度的马拉巴尔海岸,历史上最重要的香料口岸。这儿有世界上最好的黑胡椒。"

走廊的尽头正对着玻璃门的位置,是一面形象墙,左右各是两个通往不同房间的玻璃门。射灯照着一个和人的脑袋差不多大小的黑色椭圆形球体,上边爬满了如同血管一样鲜红的网状外皮,猛一看还以为是一个刚砍下来的鲜血淋漓的头颅挂在那里,触目惊心。琳达上前用手在那些光滑的"血管上"抚摸了一下说:"这是我们公司的logo,一颗肉豆蔻,这和你刚才在玻璃瓶里看到的肉豆蔻不太一样,这是一颗新鲜的肉豆蔻,成熟的果实刚刚炸开,露出甜美芬芳、颜色艳丽的假种皮,这样才能吸引鸟儿来把种子带走。而你刚才看到的肉豆蔻,是去除假种皮,再去掉一层硬壳之后的肉豆蔻仁儿了。"

娜娜听得云里雾里,可还是无法直视这颗血腥的巨型肉豆蔻,她只好将视线放在下边的一排黑色字体上——"天堂之味"。之前在网上娜娜就已经知道了这个公司的名字,还知道他们主要是在网上销售香料、香草、精油之类的产品,生意还不错,全国各地有很多咖啡馆、西餐厅和烹饪教室都是他们的长期顾客。琳达善解人意地说:"不用担心,想要了解这些香料也不是一两天的工夫。"琳达推开了右侧的玻璃门接着说,"我带你参观一下我们公司的工作区域。"

娜娜一下子就找到了香味的来源,虽然之前已经有了无数的幻想,可是眼前的画面还是让她大吃一惊。这是一个宽阔明亮的空间,和幽暗的走廊形成了强烈的对比,南北均是落地玻璃窗,南面靠近玻璃窗的位置是一个花园,里边种满了鲜花和香草,错落有致,金色的阳光包裹着每一个花瓣和每一片叶子。琳达先介绍了这些香草:"这是迷迭香,这是百里香,这是罗勒,这一片全是薄荷,仅仅是薄荷,就分为很多种,这是柠檬薄荷,这是胡椒薄荷,这是巧克力薄荷……烹饪西餐会经常用到这些香草,不过我们卖的可不是这些,是从法国进口的干燥香草碎。"琳达一边说,一边从香草上揪下一小片叶子,递给娜娜闻,娜娜的手指很快就沾满了各种香气。除了南面窗户附近的花园以外,实际上工作室的各个区域都摆满了植物,高大的仙人掌、龟背竹、琴叶榕……桌面上摆放着小小的多肉和水培植物。高处还挂着很多叶子向下生长的植物,娜娜只认得绿萝,因为那是她家唯一的植物。

北面的落地窗正对着不远处的大海和沙滩,白色的轮船镶嵌在大海和天空交界的地方,虽然在这个海滨城市,随时都可以看见大海,但是站在三十层眺望大海,对于娜娜来说还是头一次,她感到心旷神怡,在玻璃上用一个食指的指尖就可以挡住那艘轮船。

西面的墙上挂着各种充满异域风情的装饰品，都是琳达在世界各地考察香料的时候带回来的纪念品，一个古怪的红色木头面具，几幅装裱好的印度细密画，中心的位置还挂着一幅色彩艳丽的国旗。"这是世界上唯一一个将香料放在国旗上的国家，格林纳达，位于美洲的加勒比海，一个岛国，是继印尼之后世界上第二大的肉豆蔻生产地，所以他们的国旗上有肉豆蔻。"琳达说完这句话，将鼻子凑近下方的香薰机冒出的白色喷雾，"尤加利、柠檬、葡萄柚，看来欢欢今天希望大家不要昏昏欲睡。"琳达指了一下坐在大桌子旁的女孩说，"她叫欢欢，每天香薰的精油都是她来搭配的，在这方面，她可是个专家。"欢欢伸长脖子向这边打量着，还对娜娜招了招手。

香薰机旁边放着一个小音响，里边播放的音乐风格和墙上挂的这些装饰品如出一辙，娜娜决定主动问个问题，好显示自己不那么紧张，她用轻松自如的口气说："这放的是什么音乐？还蛮好听的。"琳达仿佛遇见了知己一般，一脸欣慰："现在放的这首是印度西塔琴演奏的音乐，下一首应该是甘美兰，如果你也喜欢世界音乐，回头我可以拷给你。"

东边的一面墙全是货架，上边有堆放整齐的小盒子，数量庞大，一直到达房顶，货架上贴着各种标签，方便寻找货物。

货架对面是一个巨大的不锈钢桌子，上边摆满了打印好的快递单和配货单，旁边站着一个高个子男孩戴着白色手套正在打包，动作熟练，纸箱在他的大手中像个篮球一般来回旋转，胶带切割器发出刺耳的噪音，贴上快递单之后，他潇洒地将纸箱丢向一边，像完成了一次投篮动作。他的眼睛似乎什么都没有在看，露出盲人般空洞的神情，娜娜想他的那双大手也许早就长了眼睛。琳达并不想打断他，只是说了一句："他叫大鹏，负责打包。"接着又向娜娜介绍了仓库、茶水间和卫生间的位置。娜娜在靠近北面窗户的墙角，看见趴在电脑前边的一个男孩，正在奋力地敲击键盘，他肥硕的脑袋和宽阔的肩膀挡住了整个电脑屏幕，琳达说："那是我们的客服，小熊。"可是小熊并没有转过身来和娜娜打个招呼。娜娜有点想笑，自己平时网购，从没想过一口一个"亲"的客服会是一个男的，还是一个害羞的大胖子。

琳达带领着娜娜朝门口走去，娜娜再次回头看，感觉整间房子都像是一个漂浮在海面上的幻梦。娜娜是如此渴望留下来，成为其中的一员，以至于后来对琳达——这位充满魅力的老板撒了谎。琳达问娜娜："你喜欢小动物吗？比如小猫。"娜娜一脸真诚地说："我喜欢小动物，而且我还养了一只猫，叫毛毛，是一只橘猫。"娜娜为了证明自己喜欢毛毛，还掏出手机向琳达展示她给毛毛拍的照片，可是她很快就后悔了，这些照片几乎都是糊掉的,唯一一张清楚的,还是毛毛正龇着牙,弓着腰,爹着毛。

无论如何,娜娜获得了这份工作,琳达是这样说的:"之所以希望你来工作是因为两点,一方面是你喜欢养猫,这说明你是一个既宽容又有爱心的人,能和猫相处好在我看来并不是什么易事,更何况还要每日铲屎铲尿,清理满屋子的猫毛。另一方面是因为我查看了你写在简历上的生日,是处女座对吧,我们这份工作就是需要有完美主义倾向的人,最好有点洁癖。"

娜娜有点欣喜若狂地坐在了欢欢的对面,琳达对娜娜说:"有什么不明白的,你都可以请教欢欢。"

琳达又把手搭在欢欢肩膀上说:"不许你再捉弄人!"接着,她对娜娜鼓励似的笑了笑,就转身离开了,她走起路来像踏在云端,即使穿着高跟鞋,也没有发出一点声音。

娜娜这才第一次注意到琳达被短裙紧紧包裹着的过于肥硕的屁股,她的腿有点短,腿型并不怎么好看,鼓鼓的小腿肚突然终结在黑色的高跟鞋里,在膝盖后方,有一些静脉曲张的血管凸出皮肤表面,像是一条条紫色的蚯蚓爬在腿上。这令娜娜感到十分遗憾。

欢欢晃动着肩膀,撇着嘴巴学琳达说话:"不许你再捉弄人!"

娜娜对欢欢表示友好地笑了笑。

欢欢梗着脖子说："你笑什么笑？你那个位子可不是什么好位子，都已经换了十几个人了，全是处女座，爱养猫的。"还没等娜娜有所反应，欢欢就皱着鼻子，笑了起来，"我开玩笑的，你不要生气，告诉你个秘密，琳达的真名是玲玲，是不是很土，所以我喜欢叫她玲达，她是我姐姐，我们是不是长得很像。"

娜娜这才发现欢欢和琳达的五官是有几分神似，和琳达一样，欢欢也有着棕色的虹膜，当她侧着脑袋，阳光照进眼睛的时候，就格外明显，像是一颗被含过的水果糖，闪动着甜蜜的光泽。不过欢欢一点妆也没有化，脸上有一些雀斑，好像也不怎么注意护肤，皮肤干燥而粗糙，眉毛上浮起一些皮屑，嘴唇也有些干裂，由于表情总是夸张，脑门上时常出现几条抬头纹。她留着齐肩的短发，头发油腻，一绺一绺地垂在脸旁，头顶中间梳出一条笔直的线，露着白得发青的头皮。欢欢比琳达瘦很多，颧骨高高耸起，下巴又很尖，看起来有点刻薄和神经质。即使这样，也总比在家和那只猫独处要强多了，娜娜这么想着，看着远处波光粼粼的大海，沉浸在香氛和音乐中，感觉自己仿佛得到的并不是一份工作，而是一张诺亚方舟的船票，他们载着满满的香料、鲜花和植物，驶向新世界。这份工作会让她在枯燥而乏味的生活中幸存下来，也将挽救她摇摇欲坠的婚姻。娜娜对此充满了信心。

3

用摇摇欲坠这个词似乎有点夸张，娜娜和李天结婚也不过才刚刚一年的时间，她之所以总是想到"摇摇欲坠"这个词，就是因为那个糟糕的结婚一周年纪念日。李天什么礼物都没有准备，仅仅是下班的时候和娜娜约在必胜客，既没有鲜花，也没有红酒。虽然娜娜之前曾经明确表示过，她讨厌什么鲜花之类没用又浪费钱的东西，上次生日，李天送了她一个MUJI的香薰机就被她好好地数落了一番，她还故意当着李天的面，将那个香薰机塞进了柜子的角落，嘴里嘟囔着："以后不要乱买，又贵又占地方，摆在外边还落灰。"可是真的什么礼物也没有，娜娜又觉得李天实在是太过分了。他们点了一个双人套餐之后，李天就掏出手机开始刷微信，娜娜两只手支在桌子上，发现这张桌子有点问题，摇晃得厉害，她故意晃动桌子好引起李天的注意，最后娜娜忍无可忍地说："咱们换一个桌子吧。"和服务员交涉之后，娜娜和李天被领到了一个靠窗的位置，座椅也变成了卡座，可是娜娜刚坐下来，就发现这张桌子也是摇晃的。

"摇摇欲坠"这个词先是重击了她的脑袋,然后又掏空了她的胸腔,娜娜总是擅长在生活中捕捉不祥的征兆,这时常令她忧心忡忡。她讨厌看到乌鸦,憎恨数字四,购买数字吉利的高价手机号码,而此刻,在人生中的第一个结婚纪念日,她感到委屈、恐惧和愤怒,她晃动着桌子对李天说:"这个桌子也是晃的!"

李天的眼睛甚至都没有从手机上挪开一下,不耐烦地说了句:"算了吧,就这样吧。"

很快,李天的这句话也被娜娜捕捉到了别样的含义:"这就是你对待我的态度吧,算了吧,就这样吧,就这样将就过下去吧。"娜娜终于让双手离开那个该死的桌子,向后靠在沙发卡座里。

李天放下手机,叹了口气,端起水杯,看样子是准备润润嗓子来反驳娜娜,可是他刚喝了一口,就呛到了。每次都是这样,在别人看来,李天是一个性格温和、不爱表达的人,好像对什么事都没有自己的观点。而实际上,他每次想在饭桌上表达观点的时候,都会因为一提气,就被水、食物甚至口水呛个半死,紧接着就是疯狂的咳嗽,仿佛要把两片肺都咳出来,就连眼珠子也变红并且鼓了起来。大家都会对他表示关心,有的递来纸巾,有的拍打后背,他会一直用手示意不用不用,而当他终于平息下来,眼珠子也归了位,却早已忘了自己之前想要说些什么。可是今天,娜娜决定狠心一次,眼睁睁地看着自己的老公在桌子对面挣扎、咳嗽，却无动于衷，像是有什么人替娜娜掐住了李天的喉咙，他的脸色发紫，鼻涕和眼泪都被咳了出来。娜娜甚至恶狠狠地想着，就算他此刻被活活呛死了，这也是他为今晚，为自己说出的话所应付出的代价，这个念头让娜娜那张人畜无害的清纯小脸也变得邪恶起来。

整顿晚餐他们两个都没有再说一句话，娜娜吃东西的时候故意动作很大，像是要暗自进行一场角逐，好证明点什么给李天看，刀叉和餐碟叮叮咣咣，即使李天一直试图保持桌子的平衡，玻璃杯中的饮料还是时常因为娜娜的摇晃而洒出来。经过娜娜的一番努力，整个餐桌最终一片狼藉，娜娜赢得了这场竞赛。从此她的奖品——"摇摇欲坠"这个词，伴随着叮叮咣咣的声响和一片狼藉的桌面频繁光顾娜娜的大脑，她想不明白自己为何总是在努力促成自己所害怕的局面。李天仿佛并没有被这件事情困扰，他总是这样，一个随波逐流的人，一个被动的人，一个平静的人，一个大度的人，一个反应迟钝动作缓慢的人，一个几乎没什么脾气的人。

娜娜第一次见到李天，就觉得面熟，热恋的时候，她将之理解为他们上辈子也是一对恋人，所以这辈子见面才会觉得面熟，这是一种宿命般的相遇，神秘而动人。可是如今，娜娜憎恨这种面熟，因为不止一个人对她说过，你老公看起来很面熟，好像在哪儿见过。这只能说明李天是一个长着大众脸,毫无个性的人,可能是某人的哥哥,某人的小学老师,某人的高中同学,某个餐厅的服务生,某位出租车司机,某个小区的保安……随便出一趟门,就可以看见十个李天,而地球上有七十几亿人口,至少有十亿个各种肤色的李天。

　　李天的平庸在逼迫着娜娜,就连李天的好脾气,李天的顺从,从来不逼迫娜娜做任何事,从来都听娜娜的安排和指挥也在逼迫着娜娜。娜娜真怕有一天她必须通过用刀割破自己的手腕,才能引起李天的注意,让他肾上腺飙升,瞳孔放大,心跳加速,呼吸急促,血液奔流,满头大汗,而娜娜由于失血而昏厥过去,再也不用下达什么指令,再也不用催促和挑剔,李天会主动将她送往医院。

　　心情平静的时候,娜娜也会在自己身上寻找问题,有时候觉得自己有点夸大其词,敏感多疑,还有些迷信,爱钻牛角尖,这个词是小学语文老师告诉她的,说她爱钻牛角尖。从此牛角尖成了她最爱去的地方,所有的问题到了娜娜这儿,都会变成牛角尖,越来越细,死路一条。

　　娜娜试图摆脱"摇摇欲坠"的宿命。而找一份工作,一开始并不是她的首选。因为娜娜是这么安排自己的人生的,在小时候玩过家家的时候,在那些大大小小的娃娃,迷你的桌椅板凳锅碗瓢勺中，她就发现了自己的天赋，一个家庭主妇，负责全部的家务，她很擅长这些，并且乐此不疲。而李天则负责上班挣钱，对于这一点，宽宏大量的李天毫无意见。娜娜时常回忆起她童年的那些娃娃，它们的眼睛画得很大，就像是在欲盖弥彰，来掩饰它们没长眼睛这个事实，李天也有着大大的眼睛，和这些娃娃有着异曲同工之妙，任人摆布，绝不抱怨，可是当你抱着娃娃吐露了这么多心事之后，却发现自己对娃娃的心思一无所知，也许这就是娃娃的恐怖之处，你永远不知道它们那颗硕大的塑料脑袋里在想些什么。

娜娜压根儿就不用像其他家庭主妇一般，每天给自己的老公转发那些文章，《家庭主妇也是一项事业》《你知道家庭主妇值多少钱吗？》《别小看家庭主妇的价值》《美国家庭主妇年薪值12万美元》……就好像这些主妇待在家里很心虚，或者生怕老公小瞧自己一样。可以这么说，娜娜作为一个家庭主妇，当得理直气壮，也相当称职。

4

娜娜时常怀念起他们第一次在一起的画面，那个简陋的旅馆散发着消毒水的味道,整个房间似乎都被一张硕大的床垫所占据,但对于当时的他们来说,这就已经足够了。他们不需要更多,不需要加热的马桶垫,不需要五十几寸的电视机,不需要音响和锅碗瓢勺,不需要空气净化器,更不需要洗衣液和洗洁精……这些损耗激情的日常用品,他们一概不想。这简直就是爱情初始的模样,一张床,一张洁白而硕大的床就是一切。

娜娜决定进行大扫除,好让房间接近他们"爱情初始的模样",让一切重新开始,这道理就像电脑死机需要重新开机,游戏打得不满意,从头再来一样。她丢掉可有可无的东西——"这些损耗激情的日常用品",在卧室换上洁白的床品,用吸尘器吸走自己的头发和猫毛纠缠在一起的毛球。她甚至想换一个更小的吸头对准"毛毛",把它吸个干净,把它吸秃,最好能把它整个吸走,可惜毛毛早就躲在了沙发底下,怎么哄骗都不肯出来。接下来娜娜用消毒水反复清洗马桶、洗手池,跪在地上擦拭房间的地板,她低头看见自己手上戴着的那枚金戒指,又一个可怕的、不祥的隐喻,这枚金戒指是李天的妈妈送给自己的。

李天的妈妈操劳了一辈子,却也没有阻止李天的爸爸离开自己,去追求幸福,她时常盯着李天说,简直和他爸爸一个模子刻出来的。她全身上下都散发着一股油烟味儿,娜娜曾经不经意闻到了她右手,是被油盐葱姜蒜酱油长年累月熏制出的味道,想必那枚她戴了大半辈子的金戒指也染上了那股味道。可是它现在却戴在了娜娜的手上,娜娜凑在鼻子上闻了闻,迅速地将它摘下来,丢在了床头柜第一层的抽屉里,很快她又把它取了出来,藏在了客厅柜子最下层的抽屉里,仿佛这样才能让厄运离她远一点,她可不想因为一枚被诅咒的戒指而失去李天。娜娜吸取了婆婆的经验,就算炒菜,她也戴着塑料浴帽,橡胶手套,穿着连袖围裙,她将抽油烟机开到最大,就算做完饭也让它再运行半个小时。娜娜宁愿忍受噪音,也不愿意房间里有一丝一毫的油烟味,更不允许自己身上有这股味道,她时常扇动着鼻翼,像一只缉毒警犬。

现在好了,娜娜从头到脚都散发着消毒水的味道,严肃而苦涩,如同冬日清晨被大雪覆盖的松林,令人瑟瑟发抖,难以接近。娜娜所做的一切努力,并没有勾起李天的情欲,好让他们重温旧梦,反而让李天变得紧张,像一个客人一般谨小慎微,脱掉的鞋子一定会头朝向房门,左右摆放整齐,脱掉的衣服也一定会挂在衣架上,而不是胡乱丢在沙发上,脱下的袜子一定自己清洗干净,上床玩手机之前,一定会用酒精把手机擦干净……用相敬如宾来形容他们此刻的情形再合适不过了。娜娜讨厌李天躲闪的目光,就好像一个永远都在犯错的学生面对一位严厉的老师那样。

　　而在那张洁白而硕大的床垫上，李天更喜欢盯着手机，而不是盯着娜娜，比起抚摸娜娜被怨气充满的身体，李天更乐意抚摸毛毛。就算是偶尔做爱，李天也像是例行公事，就好像上班打卡一样，连眼镜都懒得摘掉。说实话娜娜自己也很难集中注意力，她甚至都不愿意假装哼哼几声，她担心弄脏床单，又担心毛毛抓她的腿，她不想看见李天那张闭着眼睛皱着眉头的脸，像是在奋力完成什么苦差事——八百米跑步考试，移动大衣柜，搬运纯净水。她歪着脑袋，一会儿看看床头的那本书，都落灰了还没打开看，明天一定要把它收回书架，一会儿又注意到窗外射进来一道光束，一定是保安正在巡逻，手电打在了他们家的窗户上。娜娜期待着李天快点结束，她开始觉得荒唐，不明白人类为什么要反复做这样愚蠢的动作，就像在看一场白炽灯下的无声迪斯科。

　　没过多久娜娜就明白了一件事，只有在梦中，她才能和面目模糊的男人重温旧梦，她肮脏而放荡，她的男人粗鲁又野蛮，她的小腹荡漾着一阵阵炙热的电流，她希望永远不要醒来，在梦里，她又再次理解了人类为什么要反复做这样愚蠢的动作。

5

也许这份工作在别人看起来有点枯燥，可娜娜还挺喜欢的，来自世界各地的珍贵香料在她的指尖流转，她用电子秤将香料分装成各种规格的包装。很快娜娜就认识了上百种香料，并且熟知它们的味道，即使闭上眼睛，也能准确说出是哪种香料，她喜欢念出这些好听的名字，月桂叶、丁香、肉豆蔻、茴香、牛至、芫荽……就像一下子交到了很多性格各异的朋友，这一切让娜娜充满了成就感。在工作的时候，她的手指、眼睛、鼻子和大脑异常忙碌，完全忘了李天，还有"摇摇欲坠"这件事。

坐在对面的欢欢从早到晚说个不停，娜娜讨厌她，却又总是被她说的话所吸引。欢欢最喜欢讲她们村子里发生的恐怖故事，声音和表情一惊一乍。她走起路来和琳达一样没有声音，有一次站在娜娜身后拍她肩膀，害得娜娜将一瓶胡椒撒了一桌子，欢欢不但不帮忙捡，还在一旁嘲笑娜娜是个胆小鬼。可是再看看站在南面窗户旁，侍弄花草的琳达，动作优雅，着装品位也无可挑剔，实在不敢相信她和欢欢一样来自如此野蛮落后的乡下。

客服小熊不爱说话，也不爱动弹，不忙的时候会在电脑上偷看网络小说，一边看一边抠鼻屎，两个手指来回揉搓，最后将它们弹飞。娜娜不小心看到了整个过程，导致她压根儿不敢靠近那个区域，更不敢碰那台电脑，在她的想象里，电脑键盘和附近的地面一定沾满了小熊的鼻屎。而负责打包的高个子男孩叫大鹏，没活干的时候就坐在小板凳上玩手机，他特别喜欢看搞笑视频，一边看一边拍着腿哈哈大笑，娜娜有点不明白琳达为何会雇这两个看起来傻乎乎的男人。每当她看到小熊和大鹏，就觉得李天还是挺好的，至少讲究卫生，看手机的时候也不会傻笑。

"你结婚几年了？"欢欢又开始查户口了，她已经询问过娜娜的爸爸是干什么的，妈妈是干什么的，李天是干什么的，甚至连李天一个月多少工资都没有放过，真是一点礼貌也没有。

"一年多了。"虽然娜娜不想和她说那么多，可是又没有勇气说出"你管呢"这样的话。

"那你们没有打算要小孩吗？"欢欢歪着脑袋，挑着眉毛，一脸的好奇。

"要啊。"提起这件事，娜娜思绪万千，不过就算憋在肚子里，她也不会告诉欢欢。

"要小孩你们还养猫啊？"

"我们家的猫只吃猫粮的，而且我们平时也非常注意……"

"我说的不是弓形虫。"欢欢总喜欢打断别人说话，"你们家的猫平时上床睡觉吗?"

"上啊,是在床上睡觉,不过一般都在我老公那边。"

"我给你讲个故事啊,可是真实发生的,你不要不信。"欢欢又要讲他们村里发生的恐怖故事了,每次都是这样开头,生怕别人不信,"以前我们村也有一对新婚夫妇喜欢养猫,而且猫还和他们睡一个被窝,你猜怎么着?"

"他们生了猫人?"

"你怎么知道的?"

"瞎猜的呗。你亲眼看见的?"娜娜准备逗逗欢欢。

"千真万确,村里的人都看见了。"

"我才不信呢,这不科学。"

"不信拉倒!"欢欢有点气急败坏,竟然一下午都没有搭理娜娜,闷头干活,她的工作效率显著提高了。

没有欢欢一直在对面说话,娜娜反而有点不习惯了,她从茶水间接了一杯热水,端着水杯,站在北面的窗户向远处眺望,琳达第一天就提醒娜娜这个活太费眼睛,也容易导致颈椎和肩膀酸痛,一定要时不时放松一下。娜娜望着远处,天空没有一丝云,海面上也没有找到一艘轮船,只有纯粹的蓝色,看一会儿就让人不知身处何方。她想起不久之前,对李天说:"咱们准备生个孩子吧。"上次娜娜使用这么郑重其事的口气,是对李天说咱们结婚吧。李天和上次一样，放下手机，愣了两秒，说好的，没有拥抱，连相视而笑都没有。娜娜觉得生气，她知道李天一定会说好的，难道她希望李天说不好？她也有点搞不清楚自己了。她希望李天能提前说出她想说的话，主动做出她想要他做出的举动，而不是经过她的提醒或者要求，她希望李天像她肚子里的蛔虫一样，或者她希望李天就是她本人，一个男性的她，主动、热情，操控一切。可是如今，娜娜强烈地感到生活在她的控制中渐渐失去控制，在变形，在生病，"爱情就像流沙"——就连电视机上都在放着这样的歌。人们总说生个小孩可以让婚姻更加牢固，让生活多姿多彩，让男人一夜长大，还可以让人生充满希望，娜娜从来都对这一套说法嗤之以鼻，可是现如今，她像个四处求医的病人，即使是封建迷信，十分可疑的偏方，她也愿意试试。

　　不过事情并没有这么简单，在做出这个决定之后，娜娜恰巧看了一部科幻小说，这部小说讲述了一个语言学家母亲通过和外星人接触，掌握了预知未来的能力，她知道自己的丈夫会离开，而女儿也会在二十几岁时死去，可是她仍然选择了怀上这个孩子，走进了自己早已知道的命运。娜娜被这个故事感动得痛哭流涕，最让她念念不忘的是这位母亲讲述的这段话：

夜深人静，你父亲和我在外消磨了一个晚上，用餐、看演出，我们刚刚回来。我们俩来到院子里，天上是一轮圆月。我对你爸爸说我想跳舞，他答应了。我们跳的是一支慢舞，一对三十来岁的夫妻在溶溶月光下舞动身躯，就像两个孩子。夜色中有一丝凉意，可是我一点也不觉得冷。然后，你父亲说："你想要个孩子吗？"我微笑着，说："是的。"我把他的双臂从我身上拉开，我们手拉着手，走进房间，做爱，做你。

娜娜多么渴望自己也可以给未来的孩子讲述，那一晚到底是怎样的，她可不希望自己孩子的起源仅仅是一次有计划的生硬交配，毫无爱意和浪漫可言。她以前就听长辈讲过，私生子总是格外聪明和好看，长大之后也更有出息。在娜娜看来，只有浓情蜜意、充满激情的性爱才能制造出一个聪明可爱、健康漂亮的完美宝宝，因为他们是爱的结晶，而不是什么机械的抽插动作所生产出来的呆滞产品。

自从有了这样的念头，生个小孩这件事就变得不那么简单了。娜娜像个编剧一样，不停地构思自己要给未来的小孩如何讲述创造它的那天的情形，她捕捉着一切浪漫、温馨、充满意义的细节，又像个导演一样不停地喊"卡"，每一个晚上都是一条不合格的镜头，李天始终是一个不能让导演满意的演员。不要说生小孩了，现在李天和娜娜连生硬的交配也没了。

"不是说要生小孩吗？"李天不明白为什么娜娜不再和他做爱了。

"改天吧。"娜娜却不能把自己的想法告诉李天，因为一说出口，一切就失去了意义，她要的是真实的浪漫，而不是什么假装出来的。

这个念头简直要把娜娜逼疯了，她好像进入了什么死循环，或者说又钻进了那个熟悉的牛角尖。每天傍晚，她都像等待开奖一般，希望门打开，进来一个和往日不同的男人，可是每次迎来的都只是一个疲惫而无趣的男人。面对木讷又无辜的李天，娜娜像一只热锅上的蚂蚁一般焦虑，很多次她都几乎忍不住要爆发了。娜娜决定转移注意力，好让这个死循环停止下来，而此刻，找一份工作才终于成了她的首选。她需要从这个越来越细的牛角尖退出来，到外边透透气。

目前为止，效果还算不错，至少娜娜不再从一睁眼就想着这些事——"摇摇欲坠"的桌子以及她要给未来孩子说的话，在干活的时候她甚至全部忘记了。晚上和李天吃饭，娜娜也有了很多新的话题，她模仿小熊弹鼻屎和大鹏拍大腿，又将欢欢的那些恐怖乡村故事全都当作笑话讲给李天听，李天也放下了手机,和娜娜一起笑着,目光温柔,娜娜从他的眼镜中,仿佛看到了一个全新的自己。

头天晚上吃完饭刷碗的时候,李天竟然从后边抱着娜娜,将脸埋在她的头发里说:"好香啊!"娜娜的心脏怦怦乱跳,李天的胳膊搂得更紧了,仿佛要把她的心脏从喉咙里挤出来。娜娜扭过头来回应着李天,慌乱地摘掉橡胶手套,她甚至没来得及脱掉围裙,就被李天拉进了卧室。也许是太久没有做爱了,李天显得急切而鲁莽,这让娜娜想起了他们的第一次,想起了那家旅馆,她的脑子里构思着句子,她觉得把今晚讲给未来的孩子听,再合适不过了。该死的围裙缠住了娜娜的脖子和左胳膊,李天手忙脚乱地帮忙解开:"娜娜,你的戒指呢?"天知道李天怎么会突然变得如此细心,这句话怎么能出现在这里呢,娜娜失望地将李天推开,甚至没有回答他的问题:"我感觉不太舒服,还是改天吧。"

即使没有成功,比起以前也算是有了不少进步,娜娜喝了一口水,坐回了自己的位置。

"这两天的香氛你喜欢吗?"欢欢看娜娜回来了,又打开了话匣子。

"还不错。"说实话除了清晨刚进工作室可以闻到香味以外,在这儿待上一整天,鼻子一旦习惯,就什么都闻不见了,不过这种味道会渗透在衣服里、头发里。

"我用的是玫瑰、茉莉、依兰依兰和檀香。"欢欢又压低声音，伸长脖子，像是恶作剧一般对着娜娜挤了挤眼睛说，"全是催情的精油。"

娜娜忽然想起李天将脸埋在自己的头发里说好香的情形，耳朵一阵灼烧，欢欢盯着娜娜看了一阵，得意地说："哎哟，还害羞了！还脸红！我一会儿给你配点，你拿回家用。"

下班的时候，娜娜得到了一个小袋子，里边装着一小瓶精油和一包香草，欢欢说，这是专门为她配制的，除了玫瑰、茉莉、依兰依兰和檀香，还特地加了一些肉豆蔻精油，用欢欢的原话是："效果好极了。"而那包香草，娜娜闻了一下，一股清凉的味道，娜娜说："薄荷？"欢欢说："猫薄荷，送给你们家猫的礼物。"娜娜拿着袋子，想要赶快逃跑，像是在屈臣氏购买了避孕套的女学生，而欢欢则一脸慈祥，像一个见多了这种事的女收银员。

娜娜回到家，赶忙从柜子里翻出以前李天送给她的生日礼物，那个曾遭她嫌弃的MUJI香薰机，娜娜往里边倒上纯净水，滴了几滴精油，很快就飘出令人陶醉的白色雾气，她将香薰机挪到了卧室。接着娜娜在手心撒了一点猫薄荷，叫着"毛毛，毛毛"，她本想着这一定又是一次自找没趣，可是毛毛很快就跑了过来，使劲嗅着娜娜的手，用脑袋在她的手上蹭来蹭去，娜娜故意逗毛毛，站了起来，不给它吃，可是不管她走到哪儿，毛毛都跟着，急切地叫着，娜娜蹲了下来，打开手掌，毛毛只吃了一丁点，就兴奋得满地打滚，眼神迷醉，接着就开始追逐什么幻想中的老鼠，好玩极了，这是毛毛第一次和娜娜如此亲近。

娜娜感觉到久违的快乐，像一位终于得到认可的后妈，她像抱着婴儿一般抱着毛毛打开家门，迎接李天。她的快乐和奇异的香气一起悬浮在空气中，她哼着歌准备晚餐，他们一边吃一边咯咯笑着，每一句话都变得好笑，无话可说的空白之处也变得好笑，李天为她摘掉嘴角的米粒，塞进自己嘴里，就像从娜娜欢快的身体上采摘一颗甜蜜的浆果。娜娜俯身过去，对着李天的镜片哈气，直到李天眼前一片白雾，她轻轻亲吻他的脑门，鼻尖，油腻的嘴唇，滑动的喉结，而李天的表现也没有令她失望。娜娜在床上扭动着身体，像一片被热水泡开的茶叶，柔软而湿润，当她睁开眼睛，在李天的脸上看到了和毛毛吃了猫薄荷之后一样迷醉的神情。夜里娜娜起来去厨房喝水，她偷偷打开客厅柜子最下边的抽屉，戴上了那枚金戒指，在今晚，她不再害怕这枚不祥的戒指，她感觉自己不但控制了毛毛，还控制住了"摇摇欲坠"的生活。她爬上床，用自己小小的乳房紧紧地贴着李天的脊背，腿贴着腿，脚碰着脚，两人的姿态就像两块难以分开的磁铁。

6

琳达每天除了出来巡视一圈，交代一下工作，侍弄一下花草，其余大部分时间都待在走廊左侧属于她自己的办公室里。娜娜来上班之后，琳达对她说的话加在一起都没有第一天多，琳达越来越像一个老板，有属于自己的秘密领地，还有秘密生活，既令娜娜好奇，又令她难以接近。实际上，娜娜多希望能和琳达成为朋友，而不是她的妹妹欢欢。

"娜娜，那天你说音乐好听，我一直忘了拷给你。"琳达走过来的时候，欢欢正在嬉皮笑脸地对娜娜说，"你们昨天晚上一定……"

娜娜接过琳达的U盘，表示了感谢之后，就立马低头忙于手中的工作，一脸羞愧。娜娜感觉自己错过了一次和琳达交流的大好机会，都是因为欢欢！

"你们昨天晚上……"欢欢看琳达走远了，又开始逗娜娜。

"讨厌。"

"你不用说，我也知道，我能看出来，你的脸上写着呢。猫薄荷怎么样？"

"猫吃了一点就像吸毒了一样。"

"那就对了！今天你拿一些丁香和肉豆蔻粉回家，泡在牛奶里，睡前和你老公一起喝掉。"

从此，欢欢就成了巫婆一样，不断向娜娜提供各种各样稀奇古怪的菜谱和饮料，什么加了蛋黄肉桂小豆蔻的牛奶，什么蜂蜜拌鹰嘴豆与生姜，什么松子芝麻菜鸡蛋搭配大量胡椒，什么白酒煮土豆加上食糖生姜桂皮肉豆蔻再掺入少量甜奶油……还有很多需要用到麻雀脑袋、牛睾丸、羊眼睛、猪脑子、鸡爪的可怕料理。即使上班的时候，欢欢也不放过娜娜，总是帮娜娜泡上什么玫瑰、枸杞、肉桂红茶，各种香草也都来了一遍，还有娜娜难以接受的姜黄小豆蔻，有时候甚至泡上几根昂贵的藏红花。

下班以后，娜娜会去菜市场采购，冰箱里塞满了东西，她忙活着给李天做各种加入了大量香料、充满异域风情的晚餐，当然很多都借鉴了欢欢的菜谱。而最让娜娜和李天着迷的要数蜂蜜香料酒了，她将大量肉豆蔻、丁香、肉桂、胡椒放入红酒熬煮，再加上一些苹果橙子和蜂蜜，喝起来香甜可口，他们几乎每晚都要在餐桌摇曳的烛光中喝个够。

整间屋子早已被娜娜布置得如梦似幻，四处摆放着鲜花和植物，墙上挂着从网上买来的梵高的画，卧室暖黄色灯光的香薰，一刻不停地喷着迷人的雾气，床头柜上的小音响放着琳达给的音乐，床头的墙上挂着一块巨大的嬉皮风格七彩扎染布料，旋转的图案就像是时间旅行的通道。娜娜将之前放在客厅的穿衣镜也挪进了卧室,正对着床头,而床上早已换成了红色的真丝床品,泛着炙热的光芒,床的四周是从房顶垂下的幔纱。李天和娜娜伴随着甘美兰进入梦幻的南洋风光,他们是粗暴贪婪的葡萄牙殖民者与性感婀娜浑身散发着异香的东方女人,他们时而如暴风骤雨,撼动天地,时而如微微的海风,温柔纤细,他们在彼此身上不断发现新大陆。而毛毛由于食用了猫薄荷,也和主人一起,在这片红色的海洋中不知疲倦地翻滚和遨游。娜娜甚至早就将要个孩子这件事抛到了九霄云外,她和李天之间的性爱不再关乎繁殖,就像他们最初在一起时一样,是纯粹的激情,是一份亘古的真理,有时候娜娜甚至觉得这早就超过了他们爱情初始的模样,没完没了的高潮就像推动时间旅行的燃料,他们在时间中逆流而上,穿过了航海大发现,穿过了黑暗的中世纪,他们直达伊甸园,地上撒满了黄金、珍珠和红玛瑙,周围长满了奇花异草和香料,他们赤裸着美妙的身体,信口给走兽飞鸟取名。她感到前所未有的幸福和满足,每天早上分开的时候,都令他们痛苦,往往要拥抱亲吻上好几个回合,如胶似漆现在用来形容他们再合适不过了。

而这一切都要归功于她的这份工作,归功于欢欢,归功于香料。下班的时候,她回头看到公司形象墙上那颗巨大的肉豆蔻,也不再感到恐惧了,欢欢曾经告诉过她,从古罗马时代开始,肉豆蔻就被称为"扇起火山般情欲的种子",她觉得那不再是什么可怕的血腥头颅,而是一颗异常性感而美丽的种子,为人类带来幸福。娜娜忍不住用手抚摸了它光滑鲜红的假种皮,就像她第一天来,看到琳达抚摸它一样。

7

琳达去乌鲁木齐参加什么丝路国际香料博览会,欢欢显然觉得自己成了整个公司的主人。她压根儿不坐在自己的位子上,一会儿跑去小熊的后边,盯着他打字,一边拍打小熊宽阔的肩膀,一边厉声批评他,有那么一瞬间,娜娜仿佛看见欢欢拍打的是一头黑色的狗熊,她担心狗熊会忽然扭头,一口咬掉欢欢的手。一会儿欢欢又跑到大鹏身边,夺过大鹏手中的胶带切割器,向大鹏示范如何打一个完美的纸箱,大鹏抬着眉毛,在一旁晃动着瘦长的身体,一副不以为然的样子。娜娜这才发现,他垂在身体两旁的胳膊格外长,甚至超过了膝盖,就像是一只随时会开始捶打胸部,噘起嘴唇仰天长啸的长臂猿。欢欢来到南面的花园,一会儿浇水,一会儿修剪,像一只勤劳的蜜蜂,娜娜这才注意到,欢欢的身形确实如同一只蜜蜂,四肢纤细,屁股也和娜娜一样硕大，圆鼓鼓的。她即使在忙活园艺，嘴巴也停不下来，一直念念有词，仿佛在和这些植物对话，想必植物也很讨厌她，因为当欢欢转身离开的时候，娜娜似乎听见了植物的窃窃私语。

娜娜发现自己的视线很难对焦在手中正在挑选的香料上，丁香干燥而扎手，像是握着一把生锈的铁钉。她使劲揉了揉眼睛，没什么效果，总觉得眼球上覆盖着一层薄膜，她又闭上眼睛，让眼球在眼皮下边转了几圈，可睁开眼睛还和之前没什么区别。她去卫生间用凉水洗了一把脸，还认真冲洗了两个眼球，抬头看着镜子里的自己，最近上火严重，嘴唇上起了几个大火泡，嘴角的那个火疱已经烂掉了，正在流脓，有时候用舌头舔一下是咸的。嘴巴里也没好到哪儿去，口腔溃疡，牙龈红肿，每次刷牙的时候，吐出来的都是掺着血的泡沫。娜娜的脸上也起了很多痘痘，即使是青春期，她也没有长过这么多，她的眼圈发黑，眼睛发红，里边布满血丝，像是雨季的雷电。她最近每晚和李天翻云覆雨，而睡着了也得不到真正的休息，她的梦颜色鲜艳，疯狂纷乱，在梦里，她的牙齿纷纷掉落，她用舌头来回舔舐着失去牙齿坑坑洼洼的牙床，她梦见蛇，猫，金币，梵高的耳朵，少了一条胳膊的塑料娃娃，和散发着塑胶气味的洞。她梦见没有眼镜化着浓妆涂抹指甲油的李天，她梦见绳索、海浪、礁石，她梦见满是污秽的厕所，屎尿横流。在睡梦里她甚至可以感到自己的眼球在眼皮下拼命旋转，她听见李天在身旁说着梦话，有时像做噩梦一般尖叫，抽搐肩膀和小腿，有时又像捡了宝贝一样大笑几声。她时常感觉到头晕目眩，恶心想吐，鼻孔干燥，喉咙疼痛，甚至在来上班的路上摔了一跤，可是这一切在她的快乐面前都显得微不足道。她看着镜子中形容枯槁的自己，回忆起昨晚床尾穿衣镜中的自己，一边坐在李天身上上下起伏，一边扭头看着，看着自己乌黑的头发，半开的嘴唇，被挤压的臀部，摇晃的乳房，纤细的腰线，快乐的感觉让灵魂出窍，灵魂时而在空中俯瞰，又时而在镜中模仿。娜娜的左鼻孔流出鼻血，安静而温暖，像是铺向神秘山洞的羊绒地毯，她卷起舌尖向上舔了一下，一股铁锈的味道。

娜娜在左鼻孔塞了一团卫生纸，又坐回自己的位子。

"你可以将我给你配的精油加入基础油中，晚上睡觉之前互相按摩。效果可能比香薰还要好哦。"欢欢站在娜娜身后，两只瘦骨嶙峋的手在她的肩膀上用力抓了几下，弄得娜娜很疼。

"你从哪儿学的这些。"娜娜一边问一边扭着肩膀，想要摆脱欢欢鸡爪一般的手，她好像真的看见了两只鸡爪，只有四个手指头。

"玲达那儿，她可是个专家。"欢欢说完，盯着娜娜的脸看了一会儿,让娜娜有点不好意思,她担心欢欢又要说诸如"你们昨晚一定做爱了""看看你的脸色红润,一定是被爱情滋润的"之类粗鲁低俗的话。"走,我带你去参观一下玲达的办公室,趁她不在。"欢欢又冲着娜娜挤了挤眼睛,拉着她的手,向外跑去,就像是两个相约去厕所的女学生。

琳达的办公室即使是大白天也必须开灯,厚重的遮光帘覆盖着窗户。房顶唯一的灯也并不是什么普通的白炽灯,打开之后依然昏暗,这间屋子里的香气要比工作室浓烈一百倍,娜娜刚进去就不由自主地打了个喷嚏,把塞在鼻孔的卫生纸都打掉了。办公桌上摆满了各种各样的小玩意,好像琳达没事的时候就会挨个把玩,墙上挂着一些小幅的画,还有几张琳达的照片。右边是一个书柜,摆满了书,大部分都是英文的,虽然知道琳达因为生意的原因经常出国,英文应该还不错,可是没想到她竟然看了这么多的英文书籍,这令娜娜更加仰慕琳达,她多么希望自己也能成为琳达那样的女强人,有知识,有魅力,还有自己的事业,不知道有多少男人要被琳达迷倒。

娜娜用两只手支撑在办公桌上,抬起头去看那些小画,一幅黑白的素描吸引了她的注意力:一个人被绑在架子上,好像正在经历什么酷刑,旁边有两个人一人拿着剑,一人举着火把,下边写着一排小字"1623安波亚娜大屠杀",娜娜辨认了老半天才看出来的。欢欢赶忙解释说:"为了争夺摩鹿加的丁香和肉豆蔻,荷兰士兵正在屠杀英国商人。这幅小画是提醒我们,每一个小小的香料都是沾满了鲜血的,不但有殖民者的鲜血,还有殖民地人民的鲜血。"娜娜猜想,欢欢一定是听琳达这么讲过很多次才学来的,就连语气她都在模仿琳达。

娜娜在办公桌上捡起一个圆球状的,上边雕刻着花纹的银色小盒子问欢欢:"这是什么?"

"这可是古董哦,玲达在欧洲收藏了很多肉豆蔻专用的银制小刨子,以前可是只有权贵才吃得起香料,欧洲贵族随身携带这样的球形小刨子,吃饭的时候,就打开这个球,拿肉豆蔻在上边蹭一蹭,把磨出的粉撒在食物上。"欢欢一边说一边演示起来。

娜娜又在桌子上发现一个铜制的小骷髅头,她拿起来自己打量,又放在鼻子下边闻了闻,一股混合香料的味道,还没等她提问,欢欢就把小骷髅头抢了过来说:"这是一个随身携带的小香盒,里边装上香料。你可能还不知道,香料在古代除了用在烹饪、治病、催情、宗教仪式上,还被用来保存尸体,因为有防腐和芳香的功效,埃及法老的鼻孔中就发现了几粒胡椒。"欢欢说这段话的口气生硬,就像是在背台词,她说完又把骷髅头在娜娜脸前摇晃说:"有没有闻到死亡的味道啊?"

昏暗的光线让房间里的一切都显得很旧,欢欢去书架上抓起一本书，一屁股坐进琳达的老板椅，随便打开一页就开始念道："公元十二世纪，一位女子被迫嫁给了一个她不喜欢的男人，她的保姆玲达配制了一种香料药剂，给那位不受欢迎的丈夫服用之后，兽性大发，脑袋里出现幻觉，在新婚之夜以为自己在亲吻抚摸自己的妻子，然而什么都没有发生，他连碰都没有碰到她，而那位并没有失去贞操的女主人仍在梦中和情人相会。最后这位可怜的丈夫由于食用过多的香料，精神错乱，沉浸在毫无节制的虚构的性爱中，干涸而死。"娜娜知道欢欢在胡说八道，因为她打开的是一本英文书，她不相信欢欢认得一个单词。

欢欢又站起来在书架上找了一本书，坐回椅子开始念道："公元九世纪，教皇玲达的餐桌上总是摆满了用很多香料烹饪的菜肴，以及充满东方风味的饮料，有一次由于吃了过多香料食物，这位欲火焚身的女子倒在了侍从的怀中，在随后的九个月中，她日益膨胀的肚子，在那些大腹便便的红衣主教中并未引起人们的注意，直到有一天，主教们的队列正在行进时，队伍里忽然诞生了一个健康的男婴，被激怒的众人开始对这位骗子扔石头，直到将她砸死。"欢欢的语速越来越快，她时不时抬眼看着娜娜，书都拿反了。

"欢欢，你不要瞎编了，我根本就不信。"娜娜感到气氛变得古怪，她想让欢欢赶快停下来。

"你为什么总是不相信我说的故事呢？"欢欢叹了一口气，合上了手工的书，站了起来，转身要把书放回书架。一条灰色的毛茸茸的大尾巴出现在欢欢身后。

娜娜低头揉了揉眼睛，等她再次抬起头，欢欢已经转了过来，她用舌头舔了舔自己的手掌，又用手掌抹了抹自己的头发，那条灰色的大尾巴仍然在欢欢身后左右摆动，欢欢从桌子上抓起一个大玻璃瓶，打开盖子，深深地吸了一口气说："娜娜，你要不要来点，就算你不需要，你肚子里的猫人宝宝也很想要呢。"

娜娜的两只脚如同被牢牢地粘在了地上，当她终于迈开步子向外跑的时候，听见了欢欢捉弄人之后熟悉的大笑声。她扭过头虽然没有看见欢欢，却看到了墙上那颗巨型肉豆蔻的鲜红假种皮在种子上蠕动，然后如同鲜血一般滴在地上，就像一颗刚刚被砍下来的头颅。

8

娜娜盯着那一大袋污秽之物，决定开始进行大扫除，虽说是大扫除，实际上更像是娜娜受到刺激之后的发泄之举。她既不愿意相信自己的眼睛，又不愿相信那是自己的幻觉，她被这两种想法逼得无处可躲，又再次钻入牛角尖中。

娜娜将所有的鲜花和植物都丢进大袋子，她感到摔碎的花盆里有成群的蛆虫从土里爬出来。她没法将视线停留在墙上那些梵高的画作上，每一个笔触都在旋转，这加重了娜娜的头晕目眩，她将它们也统统丢进了袋子。她又跑去卧室，扯掉从房顶垂下的幔纱、扎染的挂布，她甚至压根儿来不及将红色的床罩被套取下来，只好用剪子将它们剪开，还不小心剪到了自己的手指，鲜血滴在了洁白的被芯上。她打开衣柜，拽下那些性感的内衣和新买的五颜六色的衣服，将它们团成一团，像是一朵俗不可耐的大花，衣柜重新恢复了黑白灰三种颜色。还有那个整天吞云吐雾的香薰机，还有厨房那些该死的香料，统统都被娜娜丢进垃圾袋。

哦对了，还有"那只猫"，她此刻害怕它却又憎恨它，希望它永远消失，娜娜再也无法忍受一秒，毛毛被她疯狂的举动吓到了，躲在沙发下边瞪大眼睛却不敢出来。娜娜找到那包猫薄荷，将毛毛一步一步诱骗至纸箱，将最后的猫薄荷都撒在了纸箱里，毛毛瘾君子一般跳了进去，如同从十米高的跳台跳进一个没有水的泳池。娜娜迅速盖上了盖子，把它和这些垃圾袋一起拖到楼下的垃圾箱旁，这颇费了一番力气，她的怒气将人们推远，即使在狭小的电梯里，和她一起乘坐的老头也紧紧地贴着墙角，屏住呼吸。

回到房间,娜娜一刻不停地又开始用消毒水拖地,洗衣服,给自己认真洗澡,修剪指甲,直到屋子再次恢复"他们爱情初始的模样"——洁白、空旷,散发着消毒水苦涩而严肃的味道。

娜娜瘫坐在餐桌旁哭泣,她多么希望自己从来都没有踏入那个"天堂般的地方",也从来没有坐上那艘她幻想中的"诺亚方舟"。她想起大航海时代那些为了寻找香料和未知大陆而死于坏血病的水手,他们面色苍白,牙龈出血,牙齿脱落,她觉得自己虽然坐在家中,却离家有十万八千里,正躺在摇晃的甲板上瑟瑟发抖。天色渐暗,深蓝色的风从窗户吹进来,先是染蓝了白色的窗帘,又将整个屋子都染上了这种颜色,娜娜感觉自己好像坠入海底。李天打开家门的时候,娜娜正想着第一天在三十楼看到的那艘被挡在指尖后边的白色轮船,她打开灯,看见李天的怀里抱着毛毛,就像他第一天带着毛毛搬进这所房子时一样。娜娜觉得那艘白色的轮船正在驶回港口,渐渐大过指尖,发出悠长而庄严的鸣笛声。

在接下来的九个月中,娜娜每天都在祈祷中度过,她不再像以前一样奢望自己的宝宝——这个纯粹的激情与浪漫的产物,这个爱的结晶,是多么聪明漂亮,仅仅希望它是一个正常的、没有尾巴的人罢了。

图书在版编目（CIP）数据

吃麻雀的少女 / 朱一叶著. -- 北京：北京十月文艺出版社，2019.1
ISBN 978-7-5302-1887-7

Ⅰ. ①吃… Ⅱ. ①朱… Ⅲ. ①中篇小说-小说集-中国-当代 Ⅳ. ①I247.5

中国版本图书馆CIP数据核字(2018)第234503号

吃麻雀的少女
CHI MAQUE DE SHAONV
朱一叶 著

出　版	北京出版集团公司	
	北京十月文艺出版社	
地　址	北京北三环中路6号	
邮　编	100120	
网　址	www.bph.com.cn	
发　行	新经典发行有限公司	
	电话 (010)68423599	
经　销	新华书店	
印　刷	三河市宏图印务有限公司	
版　次	2019年1月第1版	
	2019年1月第1次印刷	
开　本	880毫米×1230毫米　1/32	
印　张	8.5	
字　数	146千字	
书　号	ISBN 978-7-5302-1887-7	
定　价	45.00元	

质量监督电话　010-58572393
如有印装质量问题，由本社负责调换

版权所有，未经书面许可，不得转载、复制、翻印，违者必究。